이제야 언니에게

이제야 언니에게

최진영 소설

차례

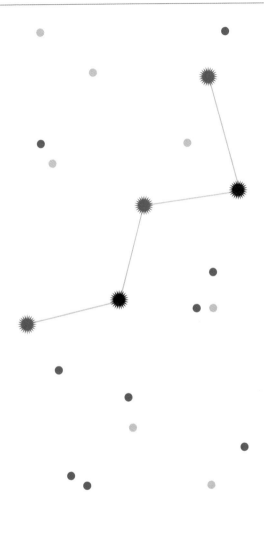

1부

2008년 7월 14일 월요일

끔찍한

오늘을 찢어버리고 싶다.

2008년 7월 28일 월요일

　열한살 되면서부터 제야는 하루 두번 일기를 썼다. 하나는 선생님께 검사받는 일기. 다른 하나는 오직 자기만 보고 간직하는 일기. 보여주는 일기에는 매일 비슷한 내용을 썼고 때로는 거짓을 지어서 썼다. 중학생이 된 뒤에는 하루 하나의 일기만 썼다. 노트 서너장이 넘어갈 만큼 긴 글을 쓴 날도 있고 간신히 날짜만 적은 날도 있다. 아무것도 쓰고 싶지 않은 날에는 아무것도 쓰고 싶지 않다고 썼다. 노트 한권을 다 채우면 신문지로 감싸서 책장 깊이 숨겼다. 중학교 졸업할 무렵, 그동안 쓴 일기를 다 꺼냈더니 스무권이 넘었다. 이걸 어쩌지 고민하다가 마당에서 태웠다.

　일기장을 태운 날도 일기를 썼다.

　어차피 태울 거 뭐 하러 써? 제니가 물었다.

　어차피 죽을 거 뭐 하러 사니. 제야가 대답했다.

　제야에게는 그런 시간이 필요했다. 하루를 묻는 시간, 가만히 앉아서 글자에 일상을 가두는 시간이. 일어난 일을 나열하다보면 불분명하던 감정도 한군데로 고여 어떤 단어가 되었다. 엉켜 있던 생각을 정리하다보면 생각지도 못한 결말에 닿기도 했다. 일기를 쓰면서 울기도 졸기도 했다. 미소 지을 때도 있었다.

2008년 7월 14일에는 일기를 쓰지 못했다. 15일도, 16일도, 17일도…… 보름 가까이 쓰지 못했다.

하늘이 번쩍이고 비가 쏟아졌다. 제야는 비를 견딜 수 없어 커튼을 내렸다. 빗소리를 덮으려고 이어폰을 끼고 음악을 틀었다가 바깥 소리를 들을 수 없는 게 불안해 이어폰을 뺐다. 비 냄새가 났다. 비에 젖은 흙, 비에 젖은 콘크리트 냄새가 나는 것 같았다. 잠을 제대로 자지 못해 몸이 아프고 정신이 어지러웠다. 엄마가 잠 오는 약을 샀지만 제야는 먹지 않았다. 약을 먹고 깊이 잠들면 그사이 무슨 일이든 일어날 것만 같았다.

기절하듯 잠들었다가 눈을 떴다.

책상 위 작고 노란 등 하나가 켜져 있었다. 제니가 옆에 누워 있었다. 제야 손에 자기 손을 얹은 채 잠들어 있었다. 제니에게는 제니 방이 있지만 그날 이후 제니는 제야 방에서 잤다. 창을 닫고 커튼을 내린 더운 방에서 아이스팩을 껴안고 잤다. 제야는 제니의 다리 쪽으로 선풍기 방향을 고정하고 핸드폰을 켰다. 액정에 뜬 날짜를 보고 제야는 잠시 표정을 잃었다. 그동안의 일이 뒤엉킨 채 순서 없이 떠올랐다. 의자에 앉아 일기장을 펼쳤다. 일기는 7월 13일이 끝이었다. 7월 13일을 마지막으로 둘 수는 없다고 제야는 생각했다. 나는 7월 14일도 살았고, 15일도 살았고, 16일도 살았다. 그날들은 전부 어디로 사라졌는가. 가방에는 13일에 도서관에서 빌린 책이 있었다. 다 읽고 승호가 빌린 책과 바꿔 읽기로 했는데. 독서기록장을 같은 책으로 채우기로 했는데. 제야는 노트의 다음 장을 넘겼다. 백지를 쳐다보다가 2008년 7월이라고 썼다. 28일을 쓰려다가 충동적으로 14일이라고 썼다. 월요일을 썼다. 자기가 적은 숫자와 글자를 빤히 보면서 제야는 중얼거렸다.

정신을 차리자.

그날. 그날은 정말 길었지. 기나긴 그날은 끝나지 않았어. 끝없는 그날의 무엇부터 써야 하는지…… 제야는 펜을 다잡았다. 선풍기의 타이머가 멈춰 고요한 방. 제야는 벽시계의 초침 소리를 들었다. 가만히 듣다가 초의 수를 셌다. 구백을 넘어서도록 셌다. 늙어 죽을 때까지 수만 셀 수도 있을 것 같았다. 학교도 가지 않고 사람도 만나지 않고 오로지 수만 세다가 죽는 일생을 생각했다. 그런 삶도 나쁘지 않을 것 같았다. 모로 누워 자던 제니가 몸을 뒤척이며 얕은 소리를 냈다. 제야는 선풍기 타이머를 3에 맞췄다.

초침 소리가 묻히자 다시 눈에 밟히는 백지.

뭐라도 써야 한다고 제야는 생각했다.

오늘 겨우 한 단어를 쓰게 되더라도 내일 다른 단어를 얹고, 또 단어를 쌓아 문장을 만들어야 한다고. 왜냐면, 다들 지우려고 하니까. 제야도 지우고 싶었다. 지우려는 시도는 그날의 감각을 더욱 세게 끌어왔다. 부풀어올랐고, 거대해졌고, 악몽에서 만나는 괴물처럼 제야를 압도했다.

평소 일기를 쓸 때 제야는 단어의 한계를 답답해했다. 단어들은 너무 납작하고 단순해서 진짜 감정의 근처에도 닿지 못했다. 바람이나 햇살, 풍경과 냄새를 표현할 때도 궁핍했다. 입체를 평면에 구겨 넣는 것만 같았다.

지금 제야는 단어의 한계에 안도한다. 자꾸자꾸 커지는 그날의 기억을 얄팍하고 단순한 단어에 가둘 수 있을 테니까.

제야는 펜을 다잡았다.

'끔찍한'까지 쓰고, '끔찍하다'가 무슨 뜻이더라 생각했다. 무슨 뜻이든, 그것이 전부는 아니다. '끔찍한'이란 글자를 백배 천배 부풀리고 진하게 두껍게, 종이가 찢어질 만큼 칠해도 그때의 감정을 다 담을 수는 없을 것이다. 제야는 '끔찍한' 위에 줄을 그었다. 글자에 가두고 싶은 욕구와 글자에 담아내고 싶은 욕구가 충돌했다.

제야는 펜을 다잡았다.

다시 다잡았다.

여명이 차오를 때쯤 간신히 한 문장을 완성했다.

승호와 시내 도서관 갔다가 돌아오는 길에 소나기. 승호에게 우산이 있었지만 둘이 쓰기에는 작았다. 비를 피하려고 까페에 들어갔다. 아이스 아메리카노를 마시면서 승호 핸드폰에 있는 사진과 내 핸드폰에 있는 사진을 봤다. 승호가 여름방학 때 같이 서울 가자고 했다. 서울의 시내버스는 아주 크고 천천히 움직인다고, 그것을 타고 멀리멀리 돌아다니자고 했다. 비는 금방 그쳤다. 까페를 나서자 눅눅하고 더운 공기가 살에 달라붙었다. 버스를 타고 동네에 들어설 때 다시 비가 흩뿌렸다. 승호의 우산을 까페에 두고 왔다는 걸 그제야 알았다. 버스에서 내린 뒤 우리는 비를 맞으며 걸었다. 빗줄기가 굵어지더니 살이 아플 정도로 강하게 쏟아졌다. 파리바게트 앞 차양으로 들어갔다. 빗발이 아스팔트를 때리는 강렬한 소리와 뿌연 물보라가 우리를 에워쌌다. 압도되는 기분이어서, 나는 큰 소리로 노래 불렀다. 승호가 가까이 다가와 내 노래를 듣더니 같이 노래했다. 우리는 약간 미친 사람처럼 크게 크게 노래했다. 개운했다. 뭔가를 게워내는 것 같았다. 승호가 '개똥벌레'를 불렀다. 그 노래는 하지 말라고 말렸다. 승호는 계속 개똥벌레를 불렀다. 에라 모르겠다는 생각으로 같이 불렀다. 자동차가 서핑보드처럼 도로를 달렸다. 바가지로 쏟아붓듯 우리 쪽으로 빗물이 튀었다. 우리는 소리 질렀다. 우리는 계속 노래했다.

빗줄기가 가늘어져 우산 없이 걸었다. 구름이 빨리 움직이고 하늘이 금방 갰다. 큰길 끝에 걸린 무지개를 봤다. 여름에 가능한 모든 날씨를 하루에 다 본 것만 같다.

다행히 책은 젖지 않았다.

장마 지나면 엄청 덥겠지. 자다가도 더워서 몇번씩 깨겠지. 직사광선 때문에 정수리가 따갑겠지. 그래도 난 여름이 좋다. 온 세상을 살균하듯 내리쬐는 볕도 좋다. 오늘처럼 갑자기 쏟아지는 비에 흠뻑 젖는 것도 좋다. 그럴 땐 맘껏 소리 질러도 부끄럽지 않다. 모기 소리 때문에 잠에

서 깨는 순간마저 여름이어서 좋다. 겨울도 좋다. 아랫니
윗니가 딱딱 부딪힐 만큼 추운 날씨는 생각만 해도 짜릿
하다. 겨울에는 신기한 눈이 내리고, 겨울나무는 아름답
고, 겨울나무는 우아하고, 눈을 맞으면 더 우아해지고, 쨍
한 겨울 하늘도 좋다. 입김도, 담요도, 귤도 좋다. 밤이 깊
어질수록 높은 곳으로 올라가는 큰개자리와 오리온자리
를 보면서 아까보다 지구가 이만큼 돌았구나 확인하는 순
간도 좋다.

두번의 여름과 겨울이 지나면 스무살이 된다. 엄마는
공무원이 최고라고 한다. 아빠는 교대에 가라고 하고. 나
는 외국어를 잘하고 싶다. 다양한 언어를 배우고 싶다. 번
역이나 통역 일도 멋있을 것 같다. 하고 싶고 배우고 싶은
걸 생각하면 절로 돈 걱정이 든다. 외국에 나가보고 싶다.
내가 전혀 모르는 언어 속에 있으면 어떤 기분일까? 아기
였을 때, 한살 때의 나는 세상을 어떻게 보고 들었는지 너
무 궁금하다. 그때 내 귀엔 어른들 말이 어떻게 들렸을까?
그때가 기억나면 좋겠다. 은서는 외교관이 되고 싶다고

했다. 은서가 '외교관'이란 말을 했을 때 정말 근사하다고 생각했다. 승호는 아직 하고 싶은 게 없지만 그렇다고 아버지가 하라는 대로 하고 싶지도 않다고 했다. 큰아버지는 벌써부터 승호한테 법대나 의대 아니면 안 보내겠다고 한다. 경호 오빠도 서울에 있는 법대 보내겠다고 재수시키는 거니까. 나는 하고 싶은 게 있지만 명확하지 않고 느슨하다. 외교관처럼 딱 떨어지는 게 없다. 모르겠다. 그냥 지금이 좋다. 하루하루를 꼭꼭 눌러서 살 수 있는 만큼 다 살아내고 싶다.

2002년 7월 28일 일요일

그날 제야가 숙제 일기에 쓴 내용은 이렇다.

아침에 일어나 카레를 먹었다. 제니랑 문구사 가서 편
지지를 구경했다. 롯데리아에서 데리버거를 먹었다. 저녁
에는 승호랑 제니랑 자전거 타고 놀았다. 학원 숙제를 하
지 않았으니까 내일 일찍 일어나서 학원 가기 전에 다 해
야 한다.

진짜 일기에는 엄마와 아빠가 크게 싸운 이야기를 썼
다. 할머니 얘기를 하다가 언성이 높아졌고 아빠는 집을
나갔고 엄마는 무서운 얼굴로 집을 다 뒤집어엎으면서 청
소했다고. 엄마는 화가 나면 대청소를 했다. 청소기를 돌
리고 무릎으로 돌아다니면서 걸레질을 하고 화장실 타일
이 벗겨지도록 닦았다. 엄마가 이불이나 커튼을 빨면 진
짜 화가 많이 났다는 뜻인데, 엄마는 그날 이불을 빨았다.
제야와 제니는 엄마와 청소기를 피해 방에서 거실로, 거
실에서 주방으로, 주방에서 다시 방으로 콩콩 뛰어다니다
가 결국 집을 나왔다. 일부러 먼 길을 돌아서 학교 놀이터

로 갔다. 그네와 시소를 탔다. 정글짐에 아슬아슬하게 발을 디디고 술래잡기를 했다. 점심때 지나 태양은 강렬해지고 모래는 뜨거워졌다. 피부가 달아오르고 얼굴과 목에 땀이 흘렀다. 운동장은 너무 덥다 어디로 가면 좋을까 이야기하다가 냇가에 가기로 했다. 제니는 집에 가서 자전거를 갖고 나오자고 했다. 제야는 집에 갔다 오는 시간보다 걸어서 가는 게 더 빠를 거라고, 그냥 바로 가자고 했다. 집에 가면 부모님이 다시 싸우고 있을 것만 같았다. 화난 어른들을 보고 싶지는 않았다.

둘은 편의점에서 산 아이스크림을 조금씩 빨아먹으며 걸었다. 냇가로 가는 길에는 샘물교회가 있었다. 방금 예배가 끝났는지 교회 마당과 인도에 어른들이 가득 있었다. 길가에 주차해둔 차에 오르는 사람들과 차를 빼는 사람들과 야광봉을 들고 오라이 오라이 하는 사람들과 길을 건너는 사람들로 교회 앞은 복잡했다. 제야와 제니는 손을 잡고 어른들의 허리와 가슴을 피해 걸었다. 땀이 흘러 손이 미끄럽고 눈이 따가웠다. 주춤거리다가 제야는 제니 손을 놓쳤고 제니는 아이스크림을 바닥에 떨어트렸다.

제니가 화난 표정으로 어른들을 올려다봤다. 제야는 자기 아이스크림을 얼른 제니에게 내밀었다. 제니는 아이스크림을 받지도 않았고 화난 표정을 지우지도 않았다. 화난 제니가 소리라도 지르면 어른들이 다 쳐다볼 테고, 제야는 그런 상황이 벌어지는 게 싫었다. 제야는 제니 손에 자기 것을 억지로 쥐여주고 바닥에 떨어진 아이스크림을 집어들었다. 제니 손을 끌고 어른들이 적은 방향으로 무작정 걸었다. 언니. 언니. 제니가 제야를 불렀다. 그거 버려. 더럽잖아. 흙이 다 묻었잖아. 제야는 일단 그곳을 벗어나고 싶었다. 두리번거리다가 교회 건물 옆 담벼락의 쓰레기봉투를 봤다. 언니, 그거 버리라니까. 제니가 재촉했다. 알았어. 버릴 거야. 저기 버릴 거야. 제니를 돌아보며 말하다가 누군가와 부딪혔다. 제야는 부딪힌 사람을 쳐다봤다. 하얀색 반팔 셔츠를 입고 있는 남자 어른이었다. 남자의 손과 바지에, 제야의 옷에 아이스크림이 묻어버렸다. 남자가 어이쿠인가 엇 이런인가, 소리를 냈다. 제야는 곤죽이 된 아이스크림과 더러워진 옷을 가만히 쳐다봤다. 죄송하다고 말해야 한다는 건 알았는데, 입이 떨어지지 않았다.

제야구나.

남자가 말했다.

제야 맞지? 나 몰라? 삼촌이야. 삼촌 몰라?

남자가 웃는 표정으로 말했다. 제야는 안도했다. 야단
맞지 않을 것 같았다. 남자는 마당 한편의 수돗가를 가리
키며 일단 가서 좀 씻어내자고 했다. 제야와 제니는 남자
를 따라갔다.

남자가 수도꼭지를 비틀자 짧은 고무호스를 타고 거센
물줄기가 쏟아졌다. 남자는 손을 먼저 씻고 바지에 물을
묻혀 비볐다. 제야는 거의 녹은 아이스크림을 수돗가 귀
퉁이에 버렸다. 남자가 수돗가에서 물러나며 제야를 쳐다
봤다. 제야가 고무호스 끝에 손을 대자 남자는 수도꼭지
를 돌려 수압을 조절했다. 제야는 손을 씻고 손바닥에 물
을 받아 아이스크림이 묻은 옷에 물을 묻혔다. 다시 물을
받아 얼굴을 닦아냈다. 남자는 수도꼭지를 잡은 채로 제
야가 그 일을 천천히 다 해낼 때까지 기다렸다. 목이 말라
서, 제야는 손바닥에 받은 물을 마시려고 했다. 어. 먹지

마. 남자가 말했다. 저기 생수 있어. 갖다줄게. 남자는 교회 건물 앞 파라솔 쪽으로 성큼성큼 걸어갔다. 파라솔 아래에는 많은 어른이 모여 서서 얼음이 든 커피나 주스를 마시고 있었다. 제야는 제니에게도 얼굴을 씻으라고 했다. 제니는 세수를 하고, 땀이 나서 따끔거리는 목도 닦아냈다. 남자가 아이스박스에서 작은 생수 한병을 꺼낸 뒤 제야를 향해 손짓했다. 제야는 수도꼭지를 잠그고 제니 손을 잡고 남자가 있는 곳으로 갔다. 남자가 반쯤 얼어 있는 생수병을 내밀었다. 제야는 물을 서너모금 마시고 제니에게 생수병을 줬다. 물을 마신 제니가 입을 훔치며 아아 시원하다 하고 기분 좋은 소리를 냈다. 남자가 지갑에서 만원짜리 두장을 꺼내 제야에게 내밀었다. 제야는 지폐를 빤히 쳐다보기만 했다.

반가워서 주는 거야. 앞으로 삼촌 자주 볼 건데, 다음에는 먼저 인사해야 해.

남자가 웃으며 제야와 제니 손에 억지로 만원씩 쥐여줬다. 얘들은 누구야? 우리 교회 애들이야? 어떤 여자가 남자에게 말을 걸었다. 사촌형 애들이에요. 철길 윗동네에 살아요. 이의원님 아시잖아요. 그 집 조카들. 남자가 여자에게 대꾸하면서 아이스박스에서 생수병 하나를 더 꺼냈다. 그것을 제야에게 주면서 이제 그만 가보라고 말했다. 제야와 제니는 양손에 차가운 생수병과 만원을 들고 교회 마당을 빠져나왔다.

언니, 저 아저씨 알아?

제니가 물었다.

전에 옛날에 할아버지 돌아가셨을 때 본 적 있는 것 같아. 넌 생각 안 나?

응. 나도 알아.

아니지? 모르지?

아니야. 나도 생각나.

정말?

응. 봤던 것 같아. 근데 잘 모르겠어. 어른들은 다 비슷하게 생겼잖아.

맞아. 저 아저씨 3반 선생님이랑 비슷한 것 같아.

근데 저 아저씨는 자기가 삼촌이랬잖아. 근데 어떻게 삼촌이야?

우리 아빠가 사촌형이라던데. 우리 집이 철길 윗동네라는 것도 알고.

사촌이면 승호 같은 거잖아.

응. 승호 같은 거지.

그럼 되게 가까운 거잖아. 근데 우린 왜 저 아저씨를 몰라?

안 그런 사촌도 있어. 우리 반에 민지는 사촌동생을 몇 번 못 봤대. 얼굴도 잘 기억 안 난댔어.

왜?

친척들이 다 멀리 살아서. 우리 친척들은 거의 여기 사니까 자주 보는 거지.

아빠는 사촌이 몇명이야?

몰라. 근데 과수원 고모도 아빠 사촌일걸.

진짜?

몰랐어?

아니. 나도 알아. 언니 우리 이걸로 햄버거 사 가자.

제니가 손에 쥔 만원을 내밀며 말했다. 제야는 그 돈 말고 원래 가지고 있던 돈으로 사 먹자고 했다. 삼촌에게 받은 만원은 일단 엄마 보여주자고. 제니는 알겠다고 했다.

　제야와 제니는 냇가 그늘에 앉아 햄버거를 먹고 얕은 물속을 걸으며 놀았다. 작은 피라미를 잡는 시늉을 했지만 정말 잡을 마음은 없었고 다슬기를 줍기도 했지만 서로 몇개나 주웠나 세어본 다음 다시 물에 두었다. 그늘진 넓은 돌에 앉아서 쉬는데 제니가 졸린다고 했다. 제니는 제야 무릎을 베고 누워 금세 잠들었다. 제니 볼에 손을 얹은 채 제야도 조금 졸았다.

　멀리서 승호 목소리가 들렸다. 제야는 간신히 눈을 떠서 소리 나는 곳을 바라봤다. 자전거를 탄 승호가 다가오고 있었다.

　집에 갔는데 누나도 제니도 없어서.

　승호가 말했다.

　기차역에도 갔다가 학교도 갔다가 계속 찾았어.

　승호는 주머니에서 핸드폰을 꺼냈다.

　나 핸드폰 생겼다. 엄마가 쓰던 거 나 줬어.

　그럼 큰엄마는?

엄만 새로 샀지.

승호는 핸드폰 수화기에 달린 덮개를 열고 제야에게
내밀었다. 제야는 핸드폰 액정에 찍힌 시간을 봤다. 오후
3시 2분. 엄마는 화가 좀 풀렸을까?

근데 좀 있으면 아빠도 핸드폰 바꿀 거라고 그랬거든.

승호가 말했다.

아빠 핸드폰 바꾸면 아빠 쓰던 거 누나 주라고 할까?

그걸 왜 나를 줘.

누나도 핸드폰 있으면 좋잖아. 우리 같이 문자도 할 수
있고.

난 필요 없어.

우리가 다른 데 있을 때는 연락해서 만나면 편하잖아.

우리가 만날 때 뭐 이런 게 필요해. 지금도 너는 그냥 찾
아왔잖아.

동네를 다 돌았다니까. 기차역 철길 저 끝까지 다 돌았
다니까.

승호 목소리가 커지자 제니가 눈을 떴다. 승호를 보고
는 벌떡 일어나 눈을 비볐다. 몸을 비틀며 으으 소리를 내

더니 승호 손의 핸드폰을 보고는 그거 큰엄마 거 아니야?
물었다. 이젠 내 거야. 승호가 대답했다. 승호는 핸드폰 번
호를 알려주면서, 이제는 자기를 찾을 때 집으로 전화하
지 말고 그 번호로 하라고 했다.

너를 핸드폰으로 찾을 일이 뭐 있어.

제니가 말했다.

학교에 같이 있고 학교 끝나면 보람학원에서 또 같이
있고, 우리 집에서 너희 집까지 뛰어서 오분인데.

어쨌든 이제 나도 핸드폰이 생겼으니까 전화를 하란 말
이지. 그리고 오늘처럼 학교에서 못 보는 날에는 너랑 누
나만 따로 놀잖아. 여기 오면서 왜 나 안 불렀어?

너는 일요일에 교회 가잖아.

교회 아까 끝났거든.

제야는 교회에서 만난 삼촌이 생각나 승호에게 얘기하
려다가 망설였다. 삼촌이란 것만 알지 이름도 나이도 모
르니까, 뭐라 설명해야 승호가 알아들을까 싶었다.

아까 교회 지나가다가……

우리 교회?

아니, 샘물교회. 거기서 어떤 삼촌을 만났는데 우리 아빠 사촌이래.

아, 머리 갈색이고 키 크고 눈 이렇고 코 납작한 아저씨?

제야는 승호가 말하는 사람이 자기가 본 그 사람인가 생각했다.

근데 나보고는 아저씨라고 부르랬는데. 그 아저씨 어제 저녁에 우리 집에 왔었어. 밥 먹고 엄마 아빠랑 한참 얘기하다가 갔어. 이제 여기서 살 거래. 소방서 뒤에 새로 지은 아파트 있잖아. 거기로 이사 왔다고 그랬어.

너 그 삼촌 전에도 본 적 있어?

몰라. 본 적 있는 것도 같고 어제 처음 본 것도 같고.

승호네 집에 그 남자가 찾아갔었고, 같이 밥을 먹었고, 승호도 그 남자를 봤다고 하니까 제야는 왠지 마음이 놓였다. 낯선 사람에게 돈을 받았다고 엄마한테 혼나지는 않을 것 같았다. 엄마의 청소는 끝났을까? 화를 내면서 집을 나갔으니까 아빠는 오늘 밤에도 술 냄새를 풍기며 들어올까? 집에 가기 싫다는 생각과 어서 집으로 가야 한다는 생각 사이에서 제야는 기우뚱거렸다.

제야와 제니와 승호는 냇가에서 잠자리를 잡고 돌을 쌓고 돌을 던지면서 놀다가 다섯시 조금 지나 둑으로 올라갔다. 제니가 승호에게 자전거 뒷자리에 태워달라고 했다. 승호는 제니를 태우고 멀리까지 갔다가 제야 근처로 돌아오길 반복했다. 그렇게 천천히, 결국 집에 닿았다. 승호는 한쪽 발로는 자전거 페달을, 한쪽 발로는 땅바닥을 디디고 선 채 핸드폰 번호를 다시 알려주고는 전화해! 외치면서 페달을 굴렸다. 제야와 제니는 대문을 열고 마당으로 들어섰다. 마당 왼편 기다랗게 쳐놓은 빨랫줄에 여름 이불 두채가 걸려 있었다. 만져보니 바삭했다.

2004년 2월 13일 금요일

졸업식. 엄마랑 제니랑 큰엄마랑 승호가 왔다. 나는 세 뱃돈으로 은비, 효주, 미영이 미진이에게 줄 선물을 샀다. 은비에게는 형광펜 세트, 효주에게는 털장갑, 미영이와 미진이에게는 나란히 두면 그림이 완성되는 커플 머그컵을 하나씩 나눠줬는데 다들 좋아했다. 은비는 내게 (두꺼운) 스프링 노트를 줬다. 이 노트를 다 쓰면 다음 일기장으로 쓸 거다. 미영이는 머리핀, 미진이는 가방에 달 수 있는 인형을 줬다. 머리핀도 인형도 진짜 예쁘다. 효주는 초콜릿과 사탕을 하나하나 포장해서 하트를 만들어서 줬다. 효주는 정말 진짜 그런 걸 잘 만든다. 초콜릿을 꺼내려면 하트 모양이 깨질 수밖에 없으니까 영영 먹지 못할 것 같다.

영은이와 수지도 내게 선물을 줬는데 나는 선물을 준비하지 못했다. 영은이와 수지가 내게 선물을 줄 거라고 생각도 못했는데…… 서운해하면 어쩌지?

그리고 동우가 팔찌를 줬다. 처음에는 그게 선물인 줄 몰랐다. 자기 팔에 차고 있던 걸 빼서 줬으니까. 팔찌를 받고도 이게 뭔가 싶어서 아무 말도 안 하고 있으니까 동우가 졸업선물이라고 말했다. 자기가 직접 구슬을 골라 낚싯줄에 꿰어서 만든 것이라고 했다. 미영이 미진이랑 교실을 나가는데, 나한테 잠깐만 이리 와보라면서 복도 끝으로 가더니 불쑥 그걸 준 거다. 그리고 미안하다고 했다. 정구네 애들이 나 괴롭힐 때 그냥 보고만 있었다고. 그래, 그런 일이 있었지. 정구와 도영이가 이상한 소문을 퍼트리고 놀렸었지. 나는 그 애들이 하는 짓이 유치하고 웃겼고 대체 쟤들은 승호와 나에 대해 뭘 얼마나 안다고 저러나 싶어서 상대도 하지 않았었다. 내가 상대하지 않으니까 그 애들은 더 흥분했고 자기들이 대단히 무시당한 것처럼…… 근데 내가 무시한 건 사실이지, 근데 그런 소문을 무시하지 않으면 어쩌지? 아무튼 내가 무시해서 자기들이 엄청 상처받은 것처럼 며칠 동안 심한 욕을 했고 나를 방해했다. 걔들이 여자애들 괴롭히고 욕하는 거 한두 번도 아니고, 나는 동우가 걔들을 말려야 한다고 생각한 적이 없었으니까 동우의 사과에 놀랐다. 네가 미안해할 일이 아니라고 말하니까 동우는 어쨌든 미안하고 싶은 마음이 있다고 했다. 이상하게 꼭 사과해야 할 사람은 사과하지 않고 사과하지 않아도 되는 사람들이 사과를 하고 그런다. 동우는 편지를 쓰고 싶었는데 결국 쓰지 못했다면서 작은 노란색 봉투를 내밀었다. 봉투를 열어봤더니 핸드폰 번호가 적힌 쪽지가 나왔다. 나중에 핸드폰이 생기면 자기에게 문자를 보내주면 좋겠다고 했다. 동우는 이상하게 웃었다. 웃는 거 말고는 다른 표정을 지을 수가 없어서 할 수 없이 웃는 그런 웃음이랄까. 선물을 받았으니 고맙다고 해야 하는데 그 말이 나오지 않았다. 사실 고마운 건 잘 모르겠고 어색했다. 동우는 중학교 가서도 잘 지내라고 말했다. 근데 동우가 진짜 하려던 말은 그게 아닌 것 같았다. 한참을 망설이다가 한 말치고는 너무 평범한 말이니까. 나는 미영이 미진이에게 가면서 팔찌를 주머니에 넣었다. 애들은 뭐냐고, 둘이 무슨 얘기를 했느냐고 물었다. 나는 별 얘기 아니었다고 대답했다. 그렇게 대답하고 나니 정말 별 얘기 아니었지 싶었다. 팔찌는 동우가 준 봉투에 넣어 책상 서랍에 넣어뒀다.

꽃다발을 들고 친구들과 돌아가면서 사진을 찍었다. 제

니와도 찍고 승호와도 찍었다. 큰엄마 차를 타고 시내까지 나가서 피자와 스파게티를 먹었다. 큰엄마가 십만원을 주면서 중학교 가기 전에 새 가방을 사라고 했다.

집에 돌아와 제니랑 승호랑 초코파이로 케이크를 만들고 우리만의 파티를 했다. 중학생 되면 교복 입으니까 좋겠다고 제니가 말했다. 모두 똑같은 옷을 입고 똑같은 길이로 머리를 잘라버리면 뒤에서는 못 알아볼 것 같고 처음에는 누가 누군지 구분도 못할 것 같고, 난 그냥 지금이 좋은데. 승호는 이제 우리가 같은 학교 다닐 일은 없겠다고 말했다. 그렇지. 우리는 중학교도 고등학교도 같이 다닐 수 없고 대학교는…… 대학교라니. 내가 정말 스무살이 될까? 상상할 수가 없다.

아빠는 저녁에 당숙 아저씨랑 같이 (술 냄새를 풍기며) 들어왔다. 아저씨가 졸업 축하한다면서 선물이라고 종이봉투를 내밀었다. 나는 봉투를 열어보기도 전에 핸드폰이란 걸 알았다. 어린애한테 이렇게 비싼 걸 사주면 버릇 나빠진다고 엄마가 말렸다. 아저씨는 제야가 어딜 봐서 버릇 나빠질 애냐고, 형님이 저랑 일한다고 만딸 졸업식도 못 가고 제가 여러모로 죄송하고 고마워서 어쩌고저쩌고 말을 길게 하면서 계속 내 머리랑 어깨를 쓰다듬었다. 전에 엄마랑 아빠가 하는 얘기 들었는데 큰아버지도 아저씨 일에 돈을 많이 썼다고 했다. 아저씨가 나타난 다음부터 어른들은 모이면 심각해지고 진지해지고, 어떨 때는 심하게 들뜨는 것 같고, 예전에도 어른들은 돈 얘기를 많이 했지만 이젠 모이면 진짜 돈 얘기만 한다. 어디에 집을 사고 땅을 사고 개발이 되고 그런 이야기들.

아저씨가 준 핸드폰은 애니콜 슬라이드 하얀색. 얼마인지 모르겠지만 많이 비싸겠지. 요즘 광고 많이 하는 거니까. 고맙습니다, 인사하면서도 이렇게 비싼 거는 필요 없는데, 생각했다. 아저씨가 비싼 선물을 줬으니까 나는 고마운 마음을 가져야 하는데 이상하게도 좀 불편하다. 앞으로 아저씨를 보면 핸드폰이 생각날 거고 아저씨 말을 잘 들어야 할 것 같고, 억지로 빚을 진 것만 같다. 오늘 동우의 팔찌도 그렇고 아저씨의 핸드폰도 그렇고…… 선물이 불편할 수도 있다니.

나는 앞으로 보름 동안 초등학생도 중학생도 아니다.

중학생이 되면 어린이에서 청소년이 되는 건가? 청소년이라니. 웃기다. 미영이 미진이와 같은 중학교에 가게 되어서 정말 다행이다. 내일 문자를 보내야지.

2004년 5월 5일 수요일

오분 뒤에 만나자고 승호에게서 문자가 왔다. 제야는 가방과 돗자리를 챙겨 대문을 열고 나갔다. 길모퉁이를 돌아오는 승호가 보였다.

제니도 갈 거야.

대문을 열어둔 채로 제야가 말했다.

제니 백일장 안 나가잖아.

집에 혼자 있어야 되니까.

혼자 좀 있으면 어때서.

심심하대.

애들이랑 놀면 되잖아.

친한 애들은 가족들이랑 밥 먹거나 놀러가거나 그런대.

작은엄마는 일 가셨어?

응. 같이 가서 너 그림 그릴 때 옆에 있겠대. 괜찮지?

근데 신청 안 한 사람이 가도 되나?

괜찮을걸. 거기 어차피 관광지니까. 백일장이나 사생대회 나가는 애들 말고도 놀러 오는 사람들 많아. 작년에도 그랬잖아.

제니가 현관문을 열고 나왔다.

야, 너는 어차피 갈 거면 선생님이 백일장 나가라고 할 때 나간다고 그러지.

승호가 제니에게 말했다.

그럼 가서 글 써야 되잖아. 노는 날인데. 귀찮게.

대충 써내고 놀면 되지.

대충 할 바엔 안 하지. 일단 하면 되게 잘해야 돼 난.

가면 빵하고 주스 주는데 너한테는 안 줄 텐데.

네 거 먹을 건데.

안 줄 건데.

안 줘도 먹을 건데.

제야는 두 사람을 따라 걷다가 화창한 하늘을 올려다봤다. 초등학생 때도 어린이날이면 승호와 백일장 및 사생대회에 나갔다. 봄과 가을이면 그런 행사가 여러번 열렸다. 바람 쐬는 기분으로 참석해서 제야는 산문을 쓰고 승호는 그림을 그렸다. 제야는 종종 상을 받았고, 승호는 거의 매번 상을 받았다. 언니가 글을 잘 쓰니까 동생도 잘 쓰겠지 짐작해서 작년 담임이 제니에게도 백일장 참석을 권했었다. 제니는 처음 나간 전국 단위 백일장에서 시를 썼고 장원을 받았다. 모두 깜짝 놀랐다. 제니는 그다음 백일장부터는 나가지 않으려고 했다. 야단을 쳐도 소용없었다. 싫어요, 나는 나가기 싫다고요, 그거는 내 마음이라고요, 말하면서 고개를 돌려버렸다. 선생님이 엄마에게 전화해서 제니를 설득해보라고 했다. 제니는 학교에 가지 않겠다면서 문을 잠그고 방에서 나오지 않았다. 어른들은 제니를 이해하지 못했다. 제야도 제니를 이해할 수 없었지만, 대신 시를 써줄 것도 아니면서 무조건 백일장에 나가라고 강요하는 어른들을 이해할 수도 없었다. 제야는 제니가 부러웠다. 글을 잘 쓰는 제니도 부러웠지만, '싫어요'라고 말하는 제니가 더 부러웠다. 어른들은 제야를 보고 맏이라서 의젓하다고 했다. 제니에게는 막내라서 철이 없다고 했다. 제야는 그런 식의 구분이 싫었다. 그런 말로 자기를 '싫어요'라는 단어에서 멀리 떨어뜨려놓는 것만 같았다.

버스를 타고 삼십분쯤 달려 교외 관광지에 도착했다. 버스에서 내리면서, 제니는 제야를 따라가겠다고 말을 바꿨다. 승호랑 같이 있다가 선생님을 만나면 혼날 것 같다고. 끝나면 전화해 누나. 주차장에서 헤어지면서 승호가 말했다.

제야는 제니를 데리고 서쪽 입구로 갔다. 거기서 같은 학교 학생들과 인솔 선생님을 만났다. 접수대에서 원고지와 간식거리를 받아들고 시제가 발표되길 기다렸다. 시제는 '봄'과 '문'이었다.

제야는 솔밭 가장자리에 돗자리를 펼쳤다. 제니는 제야가 받아 온 빵을 먹고 제야는 연습장을 꺼냈다. 누군가 반가운 목소리로 제야를 불렀다. 수지였다. 중학교 들어가고는 처음 보는 거였다. 수지가 같이 앉아도 되느냐고 물었다. 제야는 가방을 치워 자리를 만들었다. 수지가 미영이 미진이 안부를 물었다. 잘 지낸다고, 여전히 둘이 딱 붙어 다닌다고 대답하면서, 제야는 은비를 떠올렸다. 은비와는 정말 친하게 지냈고 영영 그럴 거라고 생각했는데, 서로 다른 중학교에 간 뒤에는 소식을 듣지 못했다. 제야가 여러번 문자메시지를 보냈는데 답장이 없었다.

은비도 잘 있어?

어, 은비? 공은비?

너랑 은비랑 같은 학교잖아. 아닌가?

수지가 주저하더니 대답했다.

응. 나 은비랑 같은 반이었어.

어딘가 이상한 대답이라고 제야는 생각했다.

너도 공은비랑 친했지. 은비가 너한테는 무슨 말 한 거 없어?

난 계속 은비랑 연락이 안 돼서……

은비 이사 갔어. 학교는 얼마 나오지도 않고.

이사 갔다고? 은비가? 왜? 어디로 갔는데?

몰라. 말도 없이 갔어.

빵을 다 먹은 제니가 구경 좀 하고 오겠다면서 일어났다. 멀리 가지 마. 제야가 당부했다. 멀리 안 가. 제니가 대답하면서 신발을 신었다. 이거 가져가. 제야는 제니에게 핸드폰을 건넸다.

은비한테 무슨 일 있었어?

멀어지는 제니를 바라보면서 제야가 물었다.

그게, 잠깐 어떤 소문이 있었는데 선생님이 아무 일도 아니라고, 우리는 은비 친구니까 은비에 대해서 나쁜 말은 하지 말랬거든.

나쁜 말?

졸업할 때 은비가 나한테 필통을 선물로 줬단 말이야. 보라색인데 위에 동그랗게 지퍼 달린, 어, 그거랑 비슷한 거.

수지가 제야 필통을 눈짓으로 가리키며 말했다.

중학교 가면서 그 필통 썼는데 지금은 안 써. 필통 볼 때마다 은비 생각나고 기분이 이상해져서. 지금도 은비 욕하는 애들이 있는데 나는 그 애들이랑 말도 쉬기 싫지만 그 애들 말이 맞다고 편드는 애들도 많고. 그런 거 다 짜증나니까 은비 생각 자체를 하고 싶지가 않아서.

수지 말을 들으며 제야는 슬기를 떠올렸다. 새 학기 시작하고 반 아이들 이름을 다 외우기도 전에 왕따가 된 아이. 슬기는 잘 웃고 말도 잘하고, 낯선 사이에도 먼저 인사하고 팔짱 끼면서 우리 같이 매점 갈래? 물어보는 아이였다. 그런 활발함을 두고 서너명이 모여 '나댄다'고 '재수 없다'고 말하기 시작했다. 문주가 제일 잔인하게 굴었다. 슬기가 말만 하면 나대지 말라고 비아냥거렸다. 슬기가 웃어도 울어도 화를 내도 야, 나대지 말랬지 겁을 줬다. 슬기가 표정을 감추고 행동을 조심하면, 너는 숨 쉬는 소리도 재수 없다고, 숨도 쉬지 말라고 지시했다. 아이들은 문주 주위에 몰렸다. 겹겹이 울타리를 만들듯 모여들었다.

어느 날 슬기는 결석했고, 다음 날 슬기 엄마가 학교로 왔다.

담임은 아이들에게 교실 바닥에 무릎을 꿇고 앉으라고 명령했다. 담임은 지시봉으로 교탁을 여러번 내려쳤다. 담임은 더 크게 화낼 수도 있지만 간신히 참고 있다는 표정과 말투를 숨기지 않고, 벌겋게 달아오른 돌 같은 목소리로 말했다. 친구가 그런 일을 당하는데 도와주지 않고 모른 척했던 너희 전부 비겁하다고, 너희 같은 애들 담임이란 게 부끄럽고 모욕적이라고, 여자애들은 이래서 안된다고, 너희들은 싹수부터 틀려먹었다고. 아이들은 몸을 구긴채 담임의 분노와 경멸을 뒤집어썼다. 담임은 모두 의자에 앉으라고 한 다음 백지를 나눠줬다. 슬기에게 줄 사과

편지를 쓰라고 했다. 억지로 편지를 쓰면서 많은 아이가 울었다. 그날 이후, 슬기에게 별 관심 없던 아이들을 비롯해서 슬기에게 미안한 마음을 품고 있던 아이들까지 슬기를 멀리하게 되었다. 장문주야 원래 그런 애니까, 초등학교 다닐 때도 왕따 잘 시키기로 유명했던 애니까 어쩔 수 없다 치고, 우리가 단체로 야단을 맞은 건 강슬기 때문이라고 말하는 아이도 있었다.

이후에도 문주는 울타리 같은 대여섯명과 몰려다녔다.

슬기는 여전히 혼자였다.

입학 첫날 교실에 들어갔을 때, 같은 초등학교를 다녀서 낯이 익은 자영이가 제야에게 먼저 말을 걸었다. 제야는 자영이 친구 도은이와도 친해졌다. 셋이 같이 밥을 먹고 매점에 갔다. 그때 만약 자영이가 먼저 말을 걸어주지 않았다면? 자기의 어떤 부분이 장문주 눈에 '재수 없게' 보였다면? 제야는 종종 그런 상상을 했다. 그런데도 슬기에게 먼저 말 걸지 않았던 건, 자영이와 도은이가 싫어할까봐. 자영이와 도은이에게 버려질까봐. 슬기를 볼 때마다 제야는 두 친구를 생각했고, 그들의 소중함을 느끼면서도 그들이 조금 싫어졌다. 하지만 만약에 슬기가 은비였다면? 장문주가 은비에게 나대지 말라고 겁을 줬다면? 그런 생각을 하느라 제야는 글을 쓸 수 없었다. 수지에게 은비 얘기를 더 물어보고 싶었지만 수지는 수지의 글을 써야 하니까, 방해하면 안 되니까, 제야는 연습장에 '문'과 '봄'이란 글자를 반복적으로 쓰면서 어떻게든 찾아내려고 했다. 슬기의 단점을. 슬기가 왕따인 이유를. 하지만 장문주에게는 엄청난 단점이 있는데 어째서 장문주는 왕따가 아닌가 생각하다가, 그럼 은비는? 은비가 왕따를 당했다면 왜? 물음표가 계속 떠올랐다. 없는 이유를 만들려니까 점점 치사해지는 기분이었다.

너는 산문 쓰지? 많이 썼어? 수지가 제야 연습장을 보며 물었다. 너는 얼마나 썼어?라고 되물어볼 생각이었는데, 근데 누가 그런 거야? 은비한테?라는 말이 튀어나왔다. 수지는 조금 놀란 표정으로 볼펜 끝을 깨물었다.

그게⋯⋯ 나도 은비가 어떻게 그 오빠들이랑 친해진 건지 모르겠어. 근데 나도 몇번 봤단 말이야. 학원 끝나고 은비가 그 오빠들이랑 같이 가는 거.

수지는 볼펜을 깨물면서 말을 이었다.

근데 같이 다니고 그러면 친한 건가? 나도 헷갈리는 게 은비가 그 오빠들이랑 같이 있는 걸 본 적은 있는데 그때 은비 표정이 어땠는지는 잘 모르겠어. 근데 그 일 생기고 나니까 애들이 오빠들이랑 은비랑 친했다면서, 은비가 오빠들이랑 놀고 싶으니까 먼저 꼬드긴 거라고, 부모님이 알게 되니까 거짓말하는 거라고 떠드는 거야. 나는 선생님 말도 좀 그랬던 게, 은비 친구니까 나쁜 말은 하지 말라고 그랬지만 사실 오빠들이 나쁜 거잖아. 근데 선생님은 은비든 오빠들이든 그냥 아무 말도 하지 말라는 것 같았어.

뜻밖의 말에 제야는 놀랐다.

그게 누군데. 오빠들이라는 그 사람들.

우리 학원 다니는 중3 오빠들인데 청호중이랑 대성중 다니는데…… 몰라, 좀 무섭게 노는 오빠들인데, 근데 오빠들은 다들 그러고 놀잖아. 그 오빠들이랑 친한 언니들이 우리 학교 3학년에 있대. 선생님이 그 언니들 불러서 물어봤는데 언니들도 그랬다는 거야. 은비가 오빠들 좋아해서 따라다녔고 그날도 오빠들이 은비한테 억지로 그런 거 아니라고. 근데 오빠들이 깡패같이 은비 때리고 나쁜 짓할 때는 같이 있지도 않았다는데, 그 언니들도 오빠들 말만 듣고 그러는 거잖아.

제야는 자연스레 떠올렸다. 가끔 뉴스에서 보고 듣던 것들을. 케이블 채널에서 얼핏 봤던 영화의 장면들을. 더 자세히 알고 싶은 마음과 더는 알고 싶지 않은 마음이 동시에 들었다.

근데 우리 반 반장은 그 오빠들이야 원래 그렇게 노는 오빠들이니까 됐고, 은비는 왜 그런 오빠들이랑 같이 다녔느냐, 왜 밤에 나갔느냐 그러면서 무조건 은비 잘못이라는 거야. 자기가 아는 어른들은 전부 그렇게 말한다고. 자꾸 그런 말을 들으니까 나도 점점 헷갈리고, 은비한테 물어보고 싶은데 은비는 없고……

수지가 볼펜 끝을 딱딱 씹으면서 말끝을 흐렸다.

근데 친한데 왜 때렸대?

언제 와서 어디부터 들었는지, 제니가 불쑥 물었다.

깡패처럼 때리고 나쁜 짓하면 친한 게 아니지. 친하면 안 그러지.

그러니까, 내 말이.

수지가 볼펜으로 노트를 탁탁 치며 대꾸했다.

바보 멍청이들이네.

제니가 핸드폰의 액정을 껐다 켰다 하면서 중얼거렸다. 제야는 제니가 이런 얘기를 들은 게 싫었고, 제니가 부모님이나 친구들에게 말하면 어쩌나 겁이 났다.

제니야, 지금 들은 거, 다른 사람한테는 말하면 안 돼.

제야가 당부했다.

알아, 나도.

제니가 대답했다. 그래놓고 근데 왜 말하면 안 돼? 이유를 물었다. 제야는 잠깐 생각하다가, 바보 멍청이들이니까, 하고 대꾸했다.

제야와 수지는 결국 글을 내지 못했다. 제야는 '봄'과 '문'과 '이상하다'와 빗금 낙서로 가득한 연습장을 가방에 넣고 돗자리를 접었다. 수지와 헤어지고 핸드폰 주소록에서 은비 전화번호를 찾았다. 문자메시지 창을 열고 망설이다가 그대로 창을 닫았다.

주차장에서 승호를 만났다. 엄마가 데리러 올 거래. 승호가 말했다. 승호는 자기가 받은 빵을 제야에게 줬다. 제야는 포장을 뜯어 빵을 세조각으로 나눴다. 승호에게 한 조각을 주며 이번에도 상 탔느냐고 물었다. 그러니까 엄마가 오지. 빵을 씹으며 승호가 대답했다.

멍한 상태로 집으로 돌아온 제야는 씻으려고 옷을 벗다가 팬티에 묻은 갈색 얼룩을 봤다. 처음엔 피라고 생각하지 못했다. 생리를 배워서 알고는 있었지만, 생리가 시작되면 어떻게 해야 하는지도 알고 있었지만, 알고 있다고 생각하는 것과 진짜 알게 되는 것의 간극은 크고 깊었다. 새빨갈 줄 알았는데. 팬티가 흠뻑 젖도록 새빨간 피가 쏟아질 줄 알았는데. 휴지로 보지를 닦으니 비슷한 갈색이 묻어났다. 제야는 제니를 불러서 이거 피 맞지? 물었다. 제니와 제야는 화장실 문을 닫고 고민스러운 대화를 나눴다. 그날 밤 제야는 일부러 일기를 길게 썼다. 노트를 끝까지 채우고 싶었다. 은비가 선물한 노트를 어서 꺼내고 싶었다.

일어난 일은 종이가 아니니 찢어도 태워도 없어지지 않고 없던 일이 되지도 않을 것이다. 하지만 없애버리고 싶다. 없던 일로 만들고 싶은 건 엄마도 아빠도 마찬가지인 것 같은데 말도 안 되는 방법을 쓰고 있다. 내게 모든 걸 떠밀고 나를 없애버리고 있다. 지금의 나를 쓰레기로 만들어 쓰레기통에 버리면서 다 나를 위해서라고, 내 미래를 위해서라고 말하고 있다. 내가 찢어버리고 싶은 건 내가 아니다. 그런데 내가 찢어지고 있다.

자고 있는데 집에 도둑이 들었다 치자. 도둑은 나보다 힘이 세고 주변에 흉기 될 만한 것이 널려 있다 치자. 일어나서 도둑이야 소리 지르면 도둑이 나를 죽일 것 같아서, 도둑이 나갈 때까지 눈을 감고 자는 척했다 치자. 그래서 내가 아주 귀중한 것을 도둑맞았다면, 그건 내 잘못인가? 목숨을 걸고 싸워서 도둑에게 제압당했다고 치자. 내가 다치고 부러졌다고 도둑은 도둑질하지 않을까? 저항하다

가 내가 죽었다고 치자. 도둑은 도둑질하지 않을까? 내가
소리 지르거나 죽도록 반항하지 않았으니까, 내가 가만있
었으니까 도둑은 아무 잘못이 없나? 다들 그렇다고 말한
다. 도둑보다 도둑맞은 내 잘못이 크다고. 네가 도둑맞을
짓을 했다고. 나는 몰랐다. 내게 무슨 일이 일어나고 있는
지도 몰랐다. 무서웠다. 하지만 아무도 내 말을 믿지 않는
다. 나를 의심하고 내 잘못을 지적한다. 내 인생은 이미 망
한 것처럼 말한다. 공부도 잘하고 똑똑한 애가, 사리분별
다 하고 할 말 다 하는 애가 그냥 당하고만 있었다니 말이
되느냐, 요즘 애들이 얼마나 교활하고 약았는데, 울면서
하는 말이라고 다 믿으면 안 된다, 걔가 뭔가 감추는 게 있
을 것이다, 그런 소리들, 내가 못 들은 줄 알지.

　사람들이 부끄럽지 않냐고 할 때는 몰랐다. 내 감정을
알지 못했다. 부끄러워야 하나 헷갈렸다. 이렇게 쓰니까
확실히 알겠다. 난 부끄럽지 않다. 난 고통스럽다. 내게 그
런 식으로 말하는 당신들도 당해봐야 한다. 내가 겪은 것
을, 나와 똑같은 상황과 조건에서 당해보면 알 것이다. 어

째서 당하고만 있었는지. 어째서 부끄럽지 않고 고통스러운지. 당신들이 지금 이해하지 못하는 그 모든 것들, 설명을 요구하는 그 모든 의심들, 설명해봤자 핑계나 변명으로 듣는 걸 알아. 어째서 내가 변명을 하나. 변명은 가해자가 하는 것 아닌가. 당신들에게 나는 가해자인가.

나는 부끄럽지 않다. 그건 내 감정이 아니다. 내겐 아무 잘못이 없다. 아무 잘못이 없다.

2006년 10월 5일 목요일

제야 부모님은 새벽부터 승호 집으로 건너갔다. 제야는 아침 아홉시쯤 일어나 달걀프라이를 부치고 우유와 시리얼을 꺼냈다. 잠옷을 입은 채 주방으로 나온 제니가 냄비 뚜껑을 열었다.

미역국이 없어. 제니가 퉁명스럽게 말했다.

내일 추석이라고 안 했나봐. 먹을 거 많을 테니까. 제야가 제니 그릇에 시리얼을 담으며 대꾸했다.

그건 추석 음식이지 내 생일 음식이 아니잖아.

넌 미역국 비리다고 먹지도 않잖아.

언니가 미역국 좋아하잖아.

내 생각 해서 미역국 찾는 거야?

아니.

제야는 시리얼에 우유를 붓고 달걀프라이를 제니 앞에 놓으면서 물었다.

뭐 갖고 싶은 거 없어?

가족의 관심과 사랑.

돈 주고 살 수 있는 거.

올림푸스 디카.

삼만원 아래로.

음. 삼만원이면 너무 애매한데.

제니가 시리얼을 씹으며 잠시 고민하더니 말했다.

승호랑 언니랑 합쳐서 운동화 사주면 안 돼?

제야는 승호에게 문자를 보냈다. 바로 답장이 왔다.

사줄게. 저녁에 같이 시내 가자.

지금 가면 안 돼?

나 독서실 가야 돼. 다음 주부터 중간고사야. 너희 학교
는 언제 시작해?

몰라.

알면서.

언니 그냥 집에서 공부하면 안 돼?

너 때문에 안 돼.

내가 뭐.

텔레비전 볼 거잖아. 집중 안 돼.

언니는 되게 좋은 대학 갈 거야?

뭔 소리야.

아니면 벌써부터 무슨 공부를 그렇게 많이 해?

공부를 해야 성적이 나오지. 너도 이제 알 거 아냐. 초등학교랑 중학교 시험은 완전히 다른 거.

모르겠는데.

알면서. 1학기 중간고사 치고 펑펑 울었으면서. 기말고사 치고도 울었으면서. 일주일 뒤에 또 울겠지.

언니.

왜.

나 오늘 생일인데.

축하해. 내 동생으로 태어나줘서 고마워.

저녁 다섯시 가까워 제야는 독서실을 나왔다. 정류장에서 제니와 승호가 기다리고 있었다. 버스를 타고 시내로 가서 여러 매장을 돌아다녔다. 제니는 제야와 승호가 합친 돈보다 2만원가량 비싼 운동화를 갖고 싶어했다. 그것이 아니면 다른 운동화는 신을 수가 없다고, 다른 것을 신을 바에는 맨발로 다니는 게 나을 거라고 했다. 결국 제야와 승호의 돈에 제니의 돈까지 합쳐서 원하는 운동화를 샀다. 동네로 돌아와서는 생크림케이크도 샀다. 새 운동화를 신은 제니는 신이 나서 말이 많았다. 제야는 제니 말을 반쯤 흘려들으며 서쪽 하늘에 번지는 노란 노을을 바라봤다. 아직 푸른 나뭇잎이 노을빛을 받으며 부서지듯 흔들렸다. 지금 우리 뒷모습을 사진으로 남기면 좋겠다고, 누군가 사진을 찍어주면 좋겠다고 제야는 생각했다. 가벼운 경적 소리가 들렸다. 뒤를 돌아봤다. 검은색 승용차가 천천히 다가오고 있었다.

집에 먹을 거 많을 텐데 케이크를 샀어? 당숙이 창턱에 팔을 괴며 물었다.

오늘 제니 생일이어서요. 승호가 대답했다.

같이 생일 파티 하는 거야?

어른들은 아니고 우리끼리요.

어른들은 내 생일인지도 몰라요. 제니가 덧붙였다. 뾰로통하게 말했지만 목소리는 여전히 들떠 있었다.

경호는?

경호 오빠는 우리랑 안 놀아요. 어른들하고만 말해요.

경호랑 제야랑 몇살 차이지?

두살이요. 언니랑 나도 두살 차이예요. 신이 난 제니는 당숙 말에 바로바로 대꾸했다.

제야는 내년에 고등학생 되는 거지?

그렇다고 대답하면서, 올해 들어 어른들에게 이와 같은 질문을 백번 넘게 들은 것 같다고 제야는 생각했다.

경호가 장손이긴 해도 평소에 보면 제야가 더 어른스러워. 어른들 바쁜 이런 날에는 동생들 챙길 줄도 알고.

당숙은 양복 안주머니에서 지갑을 꺼냈다. 만원짜리 여러장을 제야에게 주면서 생일 파티에 보태라고 했다. 제야는 돈을 받지 않고 머뭇거렸다. 당숙은 제야 손에 돈을 쥐여주고 천천히 차를 출발시켰다. 흙먼지가 일었다.

아저씨는 볼 때마다 용돈을 줘. 지갑에서 돈이 계속 나와.

멀어지는 당숙의 차를 쳐다보며 제니가 중얼거렸다. 당숙이 아빠에게 월급을 준다는 걸 알게 된 뒤 제야는 당숙의 용돈이 불편해졌다. 괜찮다고 거절하면 '어른이 주면 고맙습니다 하고 받는 거야'라면서 억지로 돈을 쥐여줬다. 당숙에게 밉보이기는 싫었다. 당숙이 어른스럽다고 말하면 더 어른스러워져야 할 것 같았다. 늘 제야부터 부르던 당숙이 갑자기 제니나 승호부터 부르면 왠지 서운했다. 제야는 당숙이 준 돈을 만지작거리다가 모두 승호에게 줘버렸다.

왜 날 줘?

승호가 당황하며 물었다.

네가 돈이 제일 많잖아. 그러니까 다 너 해.

제야는 아무 말이나 해버리고 앞서 걸었다.

승호 집에는 사람이 너무 많았다. 주방에도 거실에도 방에도 어른들이 모여서 밥을 먹거나 술을 마시거나 화투를 치고 있었다. 제야, 제니, 승호는 어른들 사이에서 재빨리 밥을 먹고 집을 나왔다. 그사이 밤이 내려 검푸른 하늘에 샛별이 반짝였다. 제야 집으로 들어서며 승호가 옥상으로 가자고 했다. 옥상은 춥지 않을까. 제야가 말했다. 내가 겉옷이랑 마실 거랑 챙겨 갈게. 제니가 현관문을 열며 말했다. 제야는 창고에서 돗자리를 챙겨 승호와 옥상으로 올라갔다.

가을에는 별이 잘 안 보여. 옥상 한가운데 돗자리를 펴고 나란히 앉아 승호가 말했다. 나는 잘 보이는데. 제야가 대꾸하며 동쪽 하늘을 가리켰다.

저기 카시오페이아랑 안드로메다랑 올라오고 있네. 시간 지나면 더 잘 보일 거야.

얼마나 지나면?

지구가 이 정도 움직이면.

밤하늘에 대고 손바닥을 활짝 펼치며 제야가 말했다. 지난겨울 제야와 승호는 같이 『그리스로마 신화』를 읽었다. 낮에는 책을 읽고 밤이 오면 밤하늘에서 낮에 읽은 이야기를 찾아냈다.

누나, 카시오페이아는 의자에 앉아 거꾸로 매달리는 벌을 받았고 그대로 별자리가 되었다고 그랬잖아. 근데 우주에도 위아래가 있나? 우주에도 거꾸로가 있어?

동쪽 하늘을 바라보며 승호가 물었다. 어릴 때는 밤하늘이 마냥 천국처럼 보였는데, 이제는 저곳에 지옥도 섞여 있는 것 같다고 제야는 생각했다. 승호가 돗자리에 누우며 크게 하품했다. 무릎을 껴안고 앉았던 제야도 다리를 쭉 펴고 편히 누웠다. 동네 어딘가에서 와하하하 웃는 소리가 들렸다. 기차 소리가 점점 가까워졌다. 기차 도착 안내방송 소리도 희미하게 들렸다. 바람이 불어 옥상의 마른 잎이 춤추듯 굴렀다.

페르세우스 찾았어? 밤하늘을 바라보며 승호가 물었다.

찾고 있어. 승호와 같은 곳을 바라보며 제야가 대답했다.

누나도 좋아하는 사람 있어? 제야를 바라보며 승호가 물었다.

찾고 있다니까. 밤하늘을 바라보며 제야가 대답했다.

아니, 좋아하는 사람 말이야.

응?

다들 그런 거 있잖아. 누나도 있나 해서.

계단 밟는 소리가 들렸다. 제야는 계단 쪽을 바라봤다. 제니의 머리가 보이고, 가슴이 보이고, 손에 든 겉옷과 종이봉투가 보였다. 제니는 돗자리에 앉으면서 겉옷을 나눠준 다음 종이봉투에서 캔 맥주를 꺼냈다.

냉장고를 열었는데 이게 딱 보이는 거야.

제니가 캔 맥주를 살짝 흔들어 보이며 말했다. 승호가 오오 소리를 내며 감탄했다.

　야, 안 돼.

　제야가 말했다.

　그럼 언니는 마시지 마.

　그래 누나는 마시지 마.

　나 말고 너희가 안 된다고.

　언니는 되고 우리는 안 돼?

　누나 술 마셔봤어?

　언니 친구랑 마셔봤대.

　너희는 아직 어리잖아.

　그렇게 말할 거면 언니는 가서 경호 오빠랑 놀아.

　그래 누나는 오늘부터 경호 형이랑 놀아.

　제니가 맥주 캔을 땄다. 거품이 올라와 돗자리를 적셨다. 제야는 케이크에 초를 꽂았다. 맥주를 한모금 마신 제니가 미간을 찌푸렸다.

　이게 무슨 맛이지.

　제니는 승호에게 맥주를 건넸다.

약간 맥콜 맛 아니냐. 맥콜에 뭐 섞은 맛.

승호가 맛을 음미하며 중얼거렸다. 제야는 성냥을 켜서 초에 불을 붙이고 일정한 속도로 박수를 쳤다. 승호도 제니도 제야를 따라 박수를 쳤다. 생일 축하 노래를 시작하려는데, 제니가 다른 노래를 불렀다. 한소절 지나기도 전에 승호와 제야도 따라 불렀다. 모르는 부분은 조금씩 우물거리다가 '가지 마라, 가지 마라, 가지 말아라'가 시작되자 다 같이 큰 소리로 불렀다. 바람이 불어 촛불이 꺼졌다. 1절이 끝나자 모두 배를 두드리며 웃었다.

야, 너는 이 노래 어떻게 알아? 제니가 승호에게 물었다.

몰라. 그냥 아는데.

뭐야. 우리 이거 왜 다 알아. 제니가 거의 우는 듯 웃으며 말했다.

근데 이거 제목이 뭐지? 승호가 물었다.

개똥벌레.

개똥벌레가 뭐지? 무슨 벌레지?

반딧불이.

반딧불이가 개똥벌레라고?

근데 생일에 왜 이걸 불러?

몰라. 갑자기 생각났어.

반딧불이가 왜 개똥벌레냐고.

별명이겠지. 너는 이승호면서 백곰이었잖아.

백곰? 승호가 백곰이야?

애는 지금도 백곰! 그러면 저절로 돌아본다고.

웃음이 조금 진정되었을 때 제니가 맥주를 한모금 마신 다음 말했다.

우리 이제 생일에는 이거 부르자. '생일 축하합니다' 노래는 너무 재미없어. 그거 부르다보면 기운이 쪽 빠져.

생일에 부르기엔 가사가 좀 슬픈데.

처음에 개똥무덤이라고 나오잖아. 개똥벌레는 개똥벌레지 반딧불이가 아니라니까.

너는 개똥벌레가 뭔지도 모르면서.

너도 모르잖아.

난 알아. 울다가 잠드는 벌레는 다 개똥벌레지.

근데 이걸 생일마다 부르자고?

제야가 초에 다시 불을 붙였다. 제니가 노래를 시작했

다. 세 사람은 박수를 치며 어깨를 들썩이다가 일어나서 춤을 췄다. 멀리서 기적 소리가 들렸다.

2007년 3월 19일 월요일

저녁 시간에 방송반 전체가 처음으로 모였다. 3학년 언니들이 먹을 것을 잔뜩 사왔다. 한명씩 인사하는데 떨렸다. 민소연 언니도 왔다. 언니가 인사할 때 모두 환호했다. 마치 연예인을 보는 것 같았다. 언니가 내게 가입신청서 정말 잘 봤다고 했다. 나는 얼굴이 빨개져서 아무 말도 못했다. 아나운서나 피디를 하고 싶어서 신청한 애들이 많았다. 방송 원고를 쓰려는 애들은 별로 없었다. 1학년 때는 언니들이 하는 것을 보고 배우다가 2학년 되면 나도 원고를 쓸 수 있다. 내가 음악을 정할 수도 있다. 물론 그때까지 방송반에 남아 있어야 가능하지만. 중간에 그만두는 애들이 많다고 했다. 한명씩 인사하면서 케이크랑 빵이랑 김밥이랑 다 먹고 제비뽑기를 했다. 나는 매주 월요일 점심마다 은서와 함께 방송을 돕게 되었다. 은서는 5반이고 대정여중을 나왔다고 했다. 은서는 숏커트에 머리카락이 굉장히 검고 키는 나보다 한뼘 넘게 크다. 웃을 때면 고개를 숙인 채로 머리를 조금 흔드는 버릇이 있는 것 같은데,

그 모습이 매력적이어서 은서가 또 웃으면 좋겠다는 생각을 계속했다. 은서는 말이 많은 편은 아닌 것 같고 목소리가 무척 또렷하다. 은서가 내 핸드폰 번호를 저장하면서 너 이름이 참 예쁘다 말하면서 또 그렇게 웃었다. 민소연 언니도 나를 알게 되었고 은서를 만나게도 되었고, 방송반에 들어가길 잘했다. 경쟁률이 꽤 셌는데 운이 좋았다. 끝까지 남아서 나중에 3학년 되면 나도 오늘 언니들처럼 먹을 것을 잔뜩 사 갈 것이다.

2007년 4월 11일 수요일

수학 시간에 자다가 걸렸다. 나는 내가 잠든 줄도 몰랐다. 칠판을 보다가 잠깐 눈을 감았는데 선생님이 내 이름을 불렀다. 눈을 떠보니 나는 책상에 엎드려 있었다. 놀라서 고개를 들었다. 선생님이 잠 오면 교실 뒤로 나가서 서 있으라고 했다. 영어 선생님 같았으면 소리를 지르고 야단을 치고 난리가 났을 텐데. 수학 선생님 좋다. 수학 잘하고 싶다. 수학 너무 어렵다. 중간고사 잘 쳐야 하는데. 선생님이 내 이름 불렀을 때, 깨어나기 직전에, 나는 되게 좋은 꿈을 꾸고 있었던 것 같다. 선생님 목소리가 달콤하고 따뜻하게 들렸으니까. 그래서 눈을 떴을 때 더 놀랐다. 꿈이 와작 깨졌고 얼음물을 뒤집어쓴 것만 같았다. 요즘은 매일 잠 온다. 쉬는 시간에도 자고 수업 시간에도 틈틈이 잔다. 자고 일어나도 피곤하고 계속 자고 싶다. 중학교 처음 들어갔을 때 생각난다. 입학하고 며칠 동안은 도대체 집엔 언제 가지 그 생각만 했었는데. 그때도 피곤하긴 했지만 수업 시간에 나도 모르게 잠들거나 그러진 않았다. 나는 아직 적응 중인가. 적응이 다 된 건가. 적응이 되어서 잠이 오는가, 적응이 덜 되어서 잠이 오는가. 앞으로 3년을 이렇게 잠 오는 상태로 보내야 하는 건 아니겠지. 오지 마라 잠. 제발 저리 가. 오늘 생리 시작. 수정이한테 생리대 빌렸다. 매점에서 생리대 사다가 민소연 언니 만났다. 언니가 초콜릿 사줬다. 아까워서 못 먹고 사물함에 넣어 뒀다. 야자 시간에도 절반은 잤다. 계획표를 짜놨는데 반도 못 지켰다. 지키지 못한 계획들이 계속 쌓여서 거대한

66

산이 될 것만 같다.

2007년 4월 13일 금요일

　아침에 학교 가려고 버스 기다리다가 당숙 아저씨를 봤다. 길 건너에서 경적을 울려서 보니까 아저씨였다. 창을 내리고 큰 소리로 내 이름을 불러서 주위 애들이 전부 나를 쳐다봤다. 아저씨는 차를 빙 돌려서 내 앞에 서더니 학교까지 태워주겠다고 했다. 아저씨는 우리 학교가 전통 있는 학교라고, 우리 학교에서 판사도 나왔다면서 우리 학교 교장 선생님이랑 또 이런저런 선생님을 잘 안다고, 다음에 교장 선생님 만나면 내 이야기를 해두겠다고 했다. 나는 절대 그러지 말라고, 아무한테도 내 얘기 하지 말라고 했다. 부담스럽냐고 아저씨가 물었다. 당연히 부담스럽지. 나는 절대 교장 선생님이 아는 학생이고 싶지 않다. 신호 걸렸을 때 아저씨가 자기 전화번호는 아느냐고 물으면서 명함을 꺼내줬다. 명함에는 큼지막하게 적힌 회

사 이름 말고도 모래알 같은 글씨로 무슨 위원장 무슨 부회장 이런 것들이 가득 적혀 있었다. 그 많은 일을 어떻게 한꺼번에 할 수 있지? 아저씨는 몇살쯤 됐을까? 나는 아직도 어른들 나이를 짐작 못하겠다. 서른은 넘었겠지? 어른들이 아저씨한테 젊은 사람이 대단하다고 말하는 걸 들은 적 있다. 몇살 정도면 젊은 사람인 걸까? 우리 학교에서 판사가 나왔다는 얘기는 아저씨한테 처음 들었는데 나는 그런 식으로 말하는 게 좀 별로다. 그 판사가 우리 고등학교 나와서 판사가 됐겠나. 자기가 열심히 공부해서 된 거지. 근데 어른들은 꼭 그런 식으로 이상하게 연결을 시킨다. 가끔 아저씨가 별로라고 생각될 때가 있는데, 뭐든 명성이나 돈이나 그런 걸 기준으로 좋다, 나쁘다 말하는 것 같을 때. 근데 사실 안 그런 어른이 어디 있나. 우리 엄마도 아빠도 그러는데. 어른만 그런가. 내 친구들도 그러는데. 나라고 안 그런가. 나는 안 그러고 싶다. 안 그러고 싶다는 마음을 계속 갖고 있는 게 중요한 것 같다. 그럼 좀 덜 그러겠지. 아저씨 명함을 교복 주머니에 넣었던 것 같은데 집에 와서 보니까 없다.

2007년 4월 17일 화요일

　오늘도 학교 가려고 버스 기다리다가 아저씨 만났다.
아저씨가 또 태워줬다. 앞으로 아침마다 태워줄 수도 있
다고 아저씨가 말했다. 출장 중이거나 급한 일 있을 때가
아니면 가능하다고. 나는 괜찮다고 했다. 어차피 자기도
출근하는 길이고 버스보다는 승용차가 편하지 않겠느냐
고 아저씨가 다시 말했다. 나는 아니라고, 버스 타는 거 좋
아한다고 거절했는데, 아저씨는 그러지 말고 편하게 생
각하라고 또 말했다. 매일 아저씨랑 시간 맞추는 것도 번
거로울 것 같다고, 정말 괜찮다고 또 거절해야 했다. 어른
한테 싫다고 말하는 건 왠지 무례한 것 같아서 괜찮다고
말하는 건데 생각해보면 아저씨 아닌 다른 사람들도 자
주 그런다. 거절인지 모르고 같은 말을 계속하고, 괜찮다
고 대답하다보면 나는 점점 안 괜찮아지고. 아저씨가 차
를 태워줘서 고마웠는데 마음이 이상하게 상해버렸다. 은
서한테 그런 얘기를 했더니 은서가 자기도 같은 생각 한
적 있다고, 그래서 자기는 한번 대답한 다음에는 아예 대

69

답을 안 한다고 했다. 싫다는 말도 제대로 못하는 내가 과연 그럴 수 있을지 모르겠다고 하니까 같이 연습을 하자고 했다. 싫다고 말해봐. 은서가 말했다. 나는 은서를 보면서 싫지 않다고 생각했다. 너랑은 연습을 할 수 없겠다고 대답했다. 싫다고 말해봐. 싫어. 싫다고 말해봐. 싫은데. 그런 말을 주고받으면서 우리는 계속 웃었다. 여기에 싫다는 단어를 계속 쓰다보니까 싫다가 무슨 뜻인지 모르겠다. 내가 모르는 단어 같다.

2007년 4월 22일 일요일

제니, 승호와 꽃구경을 갔다. 자전거를 타고 강변으로 내려갔는데 사람이 많아서 소란했다. 사람 적은 곳을 찾아서 계속 달리다가 정안리까지 갔다. 버스를 타고 지나가기만 했지 동네 안까지 들어간 적은 없어서 긴장했지만 제니와 승호가 같이 있으니까 큰 걱정은 들지 않았다. 논길을 따라서 쭉 가니까 과수원과 야산이 보였다. 과수원

옆길에 크고 작은 벚나무가 여러그루 있었다. 주변에 차도 집도 사람도 없고 우리와 나무와 꽃뿐이었다. 벚꽃이파리가 떨어져 땅이 희었다. 바람이 불자 흰 꽃잎들이 작고 동그란 소용돌이를 만들면서 굴러다녔다. 오늘은 일부러 옛날에 쓰던 필름카메라를 가져갔다. 핸드폰 카메라가 편하긴 한데 인화를 계속 미루게 되니까. 셋이서 둘이서 혼자서 사진을 찍으며 필름을 다 썼다.

　나무 아래 앉아서 얘기하다가 승호가 비밀을 말했다. 그건 정말 비밀이니까 이 일기에도 쓰지 않을 것이다. 승호 얘기를 듣고 제니가 너무 뭐라 그래서 나는 말하지 않았지만, 사실 나도 승호와 같은 비밀이 있다. 승호와 둘만 있었다면 나도 내 비밀을 말했을 것이다.

　동네로 돌아와 분식집에서 김밥과 라면과 돈가스를 시켜서 나눠 먹었다. 배가 부르니까 힘이 생겼다. 자전거를 타고 현동까지 올라갔다. 폐교 놀이터에서 노을을 봤다. 필름을 다 쓰지 말고 몇장 남겨둘 걸 후회했다.

　오랜만에 제니, 승호와 일요일을 온전히 함께 보냈다. 어릴 때는 거의 매일 같이 놀았는데 이젠 점점 그럴 시간이 나지 않고, 앞으로는 더 그렇겠지. 전에 큰엄마랑 엄마가 승호 얘기 하는 걸 조금 들었다. 승호가 사춘기가 왔는지 말수도 줄고 집에 붙어 있지를 않는다고. 집에 있더라도 자기 방에서 나오지를 않는다고. 승호는 유순한 애니까 사춘기 걱정은 하지 않았는데 안 그러던 애가 그러니까 더 걱정이라고 큰엄마는 말했었다. 오늘 승호랑 하루를 보내면서 느낀 점은, 음…… 말수가 좀 줄어든 것 같지만 원래 말이 많지도 않았잖아. 큰엄마 말처럼 곤두섰다거나 반항한다는 느낌은 없었는데. 좀 어두워진 면은 있지만 그건 제니도 나도 마찬가지다. 우리에겐 각자의 그늘이 있지. 나는 그 그늘이 나쁘다고 생각하지 않고, 때로는 그늘이 그 사람을 고유하게 만드는 것도 같다.

어른들은 눈치 못 챘겠지만 나도 종종 그렇다. 욕하고 싶고 울고 싶고 죽고 싶고 내가 너무 초라하고 막막하고 불행한데 이상한 것에 웃음을 멈출 수 없고 아무나 보고 두근거린다. 아니, 아무나는 아니다.

가끔은 이번 인생을 한번 살아본 것 같은 기분도 든다. 어떤 구슬에 갇혀 있는 것 같을 때도 있다. 어른인 내가 있어서 지금의 나를 보고 있는 것만 같을 때도 있다. 그 기분은 진짜다.

때로는 지금의 내가 어른이 된 나를 보고 있는 것 같을 때도 있다. 어른인 나는 어딘가 젊은 이모 같은 느낌이다. 어른인 나는 지금보다는 세련됐지만 여전히 평범하다. 어려운 음악을 들을 줄 알고 제목도 잘 외운다. 어른인 나는 늘 혼자 걷는다. 어른인 나는 이상하게도 늘 가을에 있다. 가을 배경에 가을 옷을 입고 있다. 살짝 추워하면서.

승호는 중학생 되고는 교회에 나가지 않는다. 초등학생 때도 거기 친구들이 많으니까 나갔던 거라고 했다. 승호는 교회를 끊었는데 우리 엄마 아빠는 작년부터 교회에 열심히 나간다. 하나님 때문은 아닌 것 같고 거기 친구들이 많으니까 나가는 것 같다.

바닥에 떨어진 꽃잎을 좀 가져올 걸 그랬다. 책장 사이에 끼워서 말리면 나중에라도 발견하고 오늘을 떠올릴 텐데.

폐교 운동장에도 벚나무가 있었다. 노을 질 때 바람 따라 라일락 향이 왔다. 라일락은 아직 필 때가 아닌데. 이르게 핀 라일락이 폐교 어딘가에 있다.

정안리 작은 냇물은 정말 맑고 투명했다. 손을 대었더니 겨울 손잡이처럼 차가웠다.

승호는 키가 더 컸다. 나보다 늘 컸기 때문에 얼마나 컸는지는 모르겠지만 확실히 그렇다는 느낌이었다. 승호는 지치지도 않고 자전거 페달을 밟았다. 천천히 가자고 열 번은 넘게 말한 것 같다.

나는 제니의 예민함이 좋다. 예민하지 않은 제니는 제니가 아니지. 하지만 때로는 제니가 대체 어느 지점에서 화가 난 건지 도무지 이해할 수 없을 때도 있다. 제니도 내게 그런 걸 느낄까?

벚나무 아래서 제니가 경주 놀러 갔던 얘기를 하면서 '찬란한 무덤'이라고 했다. 제니가 아무렇지도 않게 그런 단어를 말할 때 나는 혼자서 깜짝 놀란다.

오늘을 끝내고 싶지 않아서 일기도 끝내고 싶지 않다.

　제야와 제니는 나란히 서서 김치전을 부쳤다. 승호가 현관문을 열고 들어왔다. 그건 뭐야? 제니가 승호 손에 들린 종이봉투를 보고 물었다. 승호는 봉투를 열어 제니에게 보여줬다. 군고구마가 들어 있었다. 제야 방에 상을 펴고 먹을 것을 날랐다. 승호는 잠바를 벗기 전에 주머니에서 귤을 하나씩 꺼냈다. 호주머니와 안주머니에서 열개 넘게 나왔다. 제야는 컴퓨터를 켜고 영화 폴더에서 「러브 레터」를 찾아 클릭했다. 세 사람은 말없이 영화를 봤다. 그건 작년에 제니가 정한 규칙이었다. 영화를 보는 동안에는 아무 말도 하지 말기.

　첫사랑이랑 닮아서 사랑한 거야?

　영화가 끝나자마자 제니가 물었다. 제니는 조금 화가 나 있었다.

　그냥 이상형이 확실한 거 아닌가. 너도 좋아했던 사람들 생각해봐. 다 비슷하게 생기지 않았어?

　나는 한명밖에 없어.

여태까지 한명 좋아했다고?

응.

누군데?

좋아하는 마음이 끝나면 말해줄게.

짝사랑이군.

너는?

나는 뭐.

너는 이상형이 확실해?

응.

뭔데. 네 이상형은.

내가 좋아하는 사람.

네가 좋아하는 사람이 이상형이라고?

승호가 귤껍질을 까며 고개를 끄덕였다. 제야는 눈이
오는지 궁금해서 커튼을 열었다. 별이 선명하게 보였다.
현관문 열리는 소리와 부모님 목소리가 들렸다. 승호 왔
니. 엄마가 물었다. 승호가 방문을 열고 꾸벅 인사했다. 우
린 나가자. 승호가 잠바를 입으며 말했다. 추운데 나가자
고? 제니가 담요로 어깨를 감싸며 물었다. 별로 안 추워.

어디 갈 건데. 아무데나 가자. 집은 답답해. 제야가 옷장을 열고 외투를 꺼내 입었다. 승호가 옷걸이에 걸린 목도리를 내려 제야에게 건넸다. 제야는 목도리를 두르며 승호와 제니의 대화를 곱씹었다. 자기는 여태 누구를 좋아했던가 떠올렸다. 닮은 사람에 대해 생각했다.

바다 가고 싶다.

대문을 열면서 승호가 말했다.

야, 안 춥다며.

제니가 외투에 달린 모자를 쓰면서 승호의 등을 쳤다.

우리 내일 정동진 갈래?

부모님이 안 보내줄걸.

셋이 같이 간다고 하면 허락할 것 같은데. 아니면 그냥 말하지 말고 가자. 아침에 갔다가 저녁에 오면 되잖아.

학원은?

내일 빨간 날이잖아.

가로등 빛 따라 세 사람의 그림자가 하나가 되었다가 둘이 되었다가 다시 하나가 되었다. 제니와 승호는 바다를 보러 가느냐 마느냐를 두고 드문드문 말을 주고받았

다. 지금 어딜 갈 건지를 먼저 정하자고 제야가 말했다. 노
래방에 갈까 까페에 갈까 버스 타고 시내로 나갈까 얘기
하다가 사거리에 닿았다. 문자메시지 도착 알림이 울려
승호가 핸드폰을 꺼냈다.

우리 불꽃놀이 보러 갈래? 이따 강변에서 한다는데. 할
일 없으면 같이 보러 가자고 정우가 문자 했어.

맞다. 나 현수막 봤어. 강변에서 송년축제 한다고.

응, 그거. 축제 마지막이 불꽃놀이래.

세 사람은 강변을 향해 걸었다. 롯데리아 앞에서 승호
친구 두명을 만났다. 제니는 두명 모두 알았고 제야는 몰
랐지만 왠지 아는 얼굴인 것도 같았다.

얘가 정우고 얘는 태희. 우리 다 같은 학원.

제니가 제야에게 두 친구를 소개했다. 제니, 정우, 태희
가 앞서 걷고 제야와 승호는 그들 뒤를 따랐다.

쟤는 비보잉 잘해. 전국 경연도 나갔어. 승호가 태희를
가리키며 말했다.

넌 요즘 그림 안 그려? 대회 안 나가는 것 같던데. 제야
가 승호에게 물었다.

안 그리지.

왜?

중학교 가면서 미술학원 끊었잖아. 말하면서 승호는 피식 웃었다. 그동안 그려온 게 좀 아깝다고 제야가 말했다. 난 그런 생각도 안 들어. 아무 생각이 없어. 그리라니까 그렸지 좋아서 그렸던 건 아닌가봐.

그럼 나는 글 쓰는 게 좋아서 백일장에 나갔던 건가 생각하다가, 제야는 은비를 떠올렸다. 은비가 준 노트에 일기를 쓸 때는 은비를 자주 생각했는데 언젠가부터 까맣게 잊고 지냈다. 몇년 전 백일장에서 은비 얘기를 들었을 때는 놀란 마음뿐이었다. 이제는 조금 다른 생각이 들었다. 어째서 은비가 사라졌는가 하는 의문. 은비에게 나쁜 짓을 했다는 자들은 어떻게 살고 있을까. 이곳을 떠나지 않았다면 한번쯤은 마주치지 않았을까? 반대편에서 검은 옷을 입은 대여섯명의 남자들이 큰 소리로 떠들면서 걸어왔다. 제야는 그들을 똑바로 보며 생각했다. 은비는 많은 것을 잃었겠지. 그리고 나는 은비를 잃었어. 잃었고, 잃었다는 사실조차 잊고 살았어. 은비는 어떨까. 은비는 내가 자기를 잊지 않기를 바랄까? 잊지 않는다는 건 무슨 뜻일까. 어디에 있는지 어떻게 지내는지도 모르면서 은비를 계속 생각하는 게 무슨 의미 있나…… 좁은 인도에는 가로수와 가로등이 촘촘히 서 있었다. 남자들을 피하다가 제야는 차도 쪽으로 기우뚱 넘어갈 뻔했다. 한 손으로 가로수를 잡아 몸을 지탱하다 제야는 깨달았다. 은비와 그 일을 떼어놓을 수 없다는 사실을. 은비를 생각하면 은비가 당했다는 일도 같이 떠올랐다. 누군가의 기억에서조차 은비는 자유로울 수 없게 된 것이다. 맞은편에서 두 명의 여자가 걸어왔다. 제야는 그들 중 한 명이 은비라면 어떨까 상상했다. 깔깔깔 웃으면서 반가워할 수 있을까? 잘 지냈어? 어떻게 지냈어? 왜 연락이 없었어! 물어볼 수 있을까? 그럼 은비는 뭐라고 대답할까. 연락 못해서 미안하다고 이상한 사과를 해버리면 어쩌지? 조심한답시고 말을 고르고 눈치를 보다가 은비를 더 외롭게 만들면 어쩌지? 은비를 생각할수록 제야는 점점 깊은 죄책감과 무력감에 빠졌다. 알 것 같았다. 은비가 사라진 이유를. 삼 년 전에는 하지 못했던 생각이었다. 은비가 당했다는 일이 뒤늦게 제야를 짓눌렀다. 나라면 어땠을까. 어떻게 살았을까.

누나. 왜 그래.

승호가 제야의 팔꿈치를 잡았다.

왜 그래. 갑자기.

승호가 제야의 두 팔을 잡고 인도 안쪽으로 끌어당겼다. 생각이 깨지고 눈앞이 보였다. 제니가 보이지 않았다.

제니는? 제니 어디 갔어?

저기서 길 건넜어. 강변 쪽으로. 누나가 빠르게 직진만 했잖아. 아무리 불러도 모르고.

제야는 주변을 둘러보며 제니를 찾았다. 승호가 제야를 가만히 바라보며 중얼거렸다.

왜 그래. 무슨 생각하는 거야, 누나.

제야는 승호의 표정을 보며 자기 표정을 짐작했다.

……나 거기 가기 싫어.

강변에 가면 그들이 있을 것 같았다. 그들이 웃으며 축제를 즐기고 있을 것 같았다.

알았어. 가지 말자.

제니도 안 가면 좋겠어.

그래. 전화할게.

승호가 핸드폰을 꺼내 단축번호를 누르면서 제야 팔을 잡고 건물 계단으로 올라섰다. 전화를 안 받는지 종료 버튼을 누르고 다시 통화 버튼을 눌렀다. 제야는 입술을 씹으며 사람들을 봤다. 길을 걷는 사람들. 횡단보도 앞에서 신호를 기다리는 사람들. 운전하는 사람들. 담배를 피우며 얘기하는 사람들. 어디에나 있는 사람들. 그중에 있을지도 모를 그들. 그들을 옹호하는 그들. 그들이 지워버린 그들.

제니 금방 올 거야. 이쪽으로 오라고 했어.

승호가 전화를 끊으며 말했다.

혼자 온대?

그럴걸. 모르겠어.

제야가 인도로 내려서서 걷기 시작했다.

어디 가.

승호가 따라 걸으며 물었다.

제니 데리러.

여기로 온다고 했는데. 길 어긋나면……

제야는 망설이지 않고 걸었다.

같이 가. 승호가 제야 뒤를 바짝 따라가며 말했다.

같이 가자. 누나.

2008년 7월 14일 월요일

찢을 수 없다. 찢으면 안 된다. 찢어버리면 지금의 나를 설명할 수 없다. 지금은 중요하다. 아름다운 과거보다 중요하다. 더 나은 미래보다 중요하다. 지금 나는 살아 있다. 그러니 다음이 있다. 내게도 다음이 있을 것이다.

내 인생이 서너개쯤 되는 줄 아는 사람들. 이미 일어난 일을 어쩌겠느냐고 말하면서, 이번 생은 이대로, 이대로 재수 없게, 미친 사람들, 그런 일이 어떻게 운이고 재수인가. 그에게만 생이 한번뿐인 듯 실수 하나로 인생을 망칠 수 없다고…… 그 사람은 이미 망가진 사람이다. 스스로 망가져서 나까지 망친 사람이다.

하지만 네 잘못도 있다고 큰아버지는 말했다.
이 문제가 알려졌으니 손해는 너만 볼 것이라고 큰어머니는 말했다.
할머니는 말했다. 우리 모두 그 비슷한 일 한번씩은 겪고 살았다. 시간 지나면 흐려지고 괜찮아지고 다시 얼굴 보고 살 날이 올 것이다. 너만 대수롭지 않다고 마음먹으면 모두가 편해진다.

여자애가 얌전하고 참한 줄 알았는데 보니까 담배도 하고 술도 하고 그랬다면서. 경찰에서 하는 말이 처녀도 아니었다던데 그럼 누가 먼저 자빠졌는지 자빠트렸는지 알 게 뭐냐고 말했다. 교장이라는 인간이.

여자애 혼자서 겁도 없이 그 뒷길로 왜 기어들어가. 애당초 그런 데를 가지 않았으면 없었을 일이지. 잘잘못을 따지자면 끝이 없는 거라고 과수원 고모는 말했다.

내 입장에서 말하는 사람은 없다. 내 입장이 되고 싶지 않은 거겠지. 나와 같은 일을 자기들은 겪을 리 없다고 생각하는 거겠지. 어떻게 그럴 수 있을까. 어떻게 그럴 수 있는지 이해하면 다음 삶으로 넘어갈 길이 보일까. 기억을 기억으로만 두고 감정을 제거할 수 있을까. 그는 나를 이해하려고 하지 않겠지. 나는 그를 이해하고 싶다. 괴로우니까. 내게 왜 그랬는지 알 수 없어 고통스러우니까. 그러지 않을 수 있었잖아. 그러면 안 되는 거였잖아. 이해란 뭘까. 알게 된다는 뜻일까. 어떻게 그럴 수 있는지 알게 되는 것. 그렇다면, 내가 이해하게 된다면, 그다음에도 나란 인간이 남아 있을까. 그를 이해해버린 나를 견딜 수 있을까.

사람들은 내가 겪은 일이 먼지인 줄 안다. 먼지처럼 털어내라고 말한다. 먼지가 아니다. 압사시키는 태산이다. 꼼짝할 수 없다. 나는 살아 있다. 나는 움직일 수 있다. 걷고 보고 말하고 달릴 수 있다. 울고 웃고 판단할 수 있다. 나는 쓸 수 있다. 나는 하고 있다. 나는 할 수 있다.

　새벽부터 비가 왔다. 아침인데도 창이 어두웠다. 제야는 늦게 일어났다. 언니 나 먼저 간다. 제니가 집을 나서며 말했다. 머리를 말리고 교복을 입고 가방을 메고, 제야는 현관문을 열었다. 우산 통에 하나 남아 있는 우산을 펼쳤는데 고정되지 않았다. 한 손으로 손잡이를 잡고 다른 손으로 우산살을 지탱한 채로 제야는 골목을 걸었다. 편의점에서 비닐우산을 산 뒤 고장 난 우산을 버리고, 정류장에서 버스를 기다렸다. 승용차가 제야 앞에 섰다. 비도 많이 오는데 어서 타라고 당숙이 말했다. 당숙은 제야가 늦을까봐 걱정했다. 당숙은 빠르게 차를 몰았다. 제야는 늦지 않고 학교에 닿았다. 버스를 탔다면 지각했을 텐데, 그 순간 당숙이 나타나서 다행이라고 제야는 생각했다. 점심시간에 승호에게 문자메시지가 왔다. 오늘 야자를 하느냐고 물었다. 빠져도 상관없다고 답장했다. 그럼 저녁에 거기서 기다리겠다고 답장이 왔다. 비는 크게 내리다가 잦아들다가 다시 크게 내리길 반복했다. 저녁 시간에 제야는 학교를 나섰다. 버스를 타고 동네에 도착했다. 제야는 이어폰으로 노래를 들으며 기차역 쪽으로 걸었다. 비닐우산을 쓰고 좋아하는 음악을 들으면서, 지금이 좋다고, 여름비와 이 바람과 이 걸음들이 모두 좋다고 제야는 생각했다. 저녁을 먹지 못해서 배가 고팠는데 그 허기마저 좋았다. 편의점에 들어가 샌드위치와 콜라를 샀다. 기차역 광장에서 왼쪽으로 오십 미터쯤 가면 주차장이 나오고, 그보다 더 깊이 들어가면 수풀이 있고, 수풀에는 녹슬고 낡은 컨테이너 두개가 있었다. 컨테이너에는 더는 사용하지 않을 것 같은 비품과 비료인지 시멘트인지 알 수 없는 포대와 잡동사니가 쌓여 있었다. 지난봄 제야와 승호는 그곳을 발견했다. 이후 그곳에서 자주 만났다. 역 광장을 지나 주차장을 지나, 제야는 컨테이너 문을 열었다. 승호는 없었다. 컨테이너에 들어가 구석에 놓인 플라스틱 수납장의 서랍을 열었다. 담배와 라이터가 있었다. 제야는 가방을 내려놓고 담배를 물고 불을 붙였다. 이어폰을 빼며 돌아서는데 컨테이너 문 앞에 당숙이 서 있었다. 제야는 경기를 일으키며 담배를 떨어트렸다. 편의점에서부터 불렀는데. 음악을 크게 듣는구나. 당숙이 웃으며 말했다. 당숙은 컨테이너로 들어와 바닥에 떨어진 담배를 주워 제야에게 건넸다. 그렇게 안 봤는데 담배도 피울 줄 알고. 근데 담배는 어떻게 구하지? 신분증 검사 안 하나? 제야는 담배를 들고 선 채 당숙의 시선을 피했다. 괜찮아, 피워도 돼. 당숙이 말했다. 나 그렇게 꽉 막힌 사람 아니야. 나도 네 나이에 담배 시작했어. 너도 거의 성인 아니냐. 내년 지나면 성인이잖아. 제야는 담배를 비벼 껐다. 당숙은 제야의 그런 행동이 재미있다는 듯 크게 웃었다. 당숙은 여기서 잠깐만 기다리라고 말한 뒤 컨테이너를 나섰다. 당숙이 어른들에게 담배 얘기를 하면 어쩌나 제야는 걱정했다. 당숙이 교장 선생님 운운하던 것도 떠올랐다. 설마 경찰을 부르러 간 것은 아니겠지. 제야는 망설이다가 결정했다. 일단 기다리자. 기다렸다가 당숙의 얘기를 듣자. 그리고 아무에게도 말하지 말아달라고 부탁하자. 곧 당숙이 나타났다. 검정 비닐봉지를 들고 있었다. 당숙은 비닐봉지에서 담배 한보루를 꺼내 서랍에 넣었다. 선물로 주는 거라고 했다. 당숙에게서 비릿한 술 냄새가 났다. 당숙은 비닐봉지에서 맥주 캔과 과자와 김밥 등을 꺼냈다. 불편한 사람이랑 술을 마셨더니 뒤늦게 배가 고프다고 당숙은 말했다. 저녁은 먹었어? 당숙이 맥주 캔을 따면서 물었다. 괜찮아. 겁먹을 거 없어. 너는 지금 이게 큰 잘못처럼 느껴지겠지만 나이 들면 다 추억이야. 너 볼 때마다 네 나이였을 때가 생각나서 좋았는데, 지금 상황도 딱 그래. 걱정할 것 없어. 당숙은 플라스틱 박스를 뒤집어서 앉고 제야에게도 앉으라고 했다. 제야는 당숙이 하라는 대로 했다. 당숙은 제야에게 맥주 캔을 줬다. 제야는 그것을 들고만 있었다. 컨테이너 안은 점점 어두워졌고 빗소리는 점점 거세졌다. 당숙은 김밥을 먹고 맥주를 들이켰다. 나는 너 볼 때마다 반갑고 뭐든 해주고 싶은데, 네가 나를 스스럼없이 대하면 좋겠는데 너는 곁을 잘 안 주더라. 이번 기회로 우리가 좀 편한 사이가 되면 좋겠다. 부모님한테 말하기 어려운 일 있으면 나한테 말해도 돼. 내가 도와주지 못할 일은 없을 거야. 시간이 정말 빠르다. 너는 사회 나가면 정말 인기 많을 거야. 지금도 너 좋아하는 남자애들 많겠지. 당숙은 맥주를 마시며 말을 늘어놓았다. 제야는 조금씩 긴장을 풀었다. 놀란 자기를 진정시키려고 당숙이 노력하는 것 같았다. 생각해보면 당숙은 늘 그랬다. 먼저 말 걸고, 먼저 친절하고, 먼저 헤아렸다. 당숙이 다른 어른들에게 담배 얘기를 할 것 같지는 않았다. 편하게 생각하라니까, 편하게 생각하고 싶었다. 제야는 맥주를 조금 마셨다. 당숙은 맥주 한 캔을 더 땄다. 당숙은 계속 말했다. 제야는 되묻고 대꾸하고 웃었다. 그러다 지루해져서 다리를 뻗으며 하품했다. 당숙이 성큼 다가왔다. 벨트를 풀면서 한 손으로 제야의 머리를 눌렀다. 목이 꺾일 것만 같았다.

네가 정말 좋다고 당숙은 말했다. 울지 말라고, 좋아해서 그런 거라고, 너는 정말 특별하다고, 너를 너무 좋아한다고 말했다. 당숙은 제야를 일으키고 교복에 묻은 오물을 털어냈다. 당숙은 쓰레기를 비닐봉지에 넣고 컨테이너 내부를 정리했다. 앞으로도 나는 너를 챙기고 책임질 거라고, 다음에도 우리 여기에서 만나자고, 아니 내가 더 좋은 곳에 데려가주겠다고 말했다. 당숙이 컨테이너 문을 열고 우산을 펴고 제야에게 나오라며 손짓했다. 당숙은 제야에게 우산을 씌워주며 한 팔로 어깨를 감싸 안았다.

제야는 앞만 보고 걸었다. 주차장에 닿아 당숙이 자동차 리모컨을 꺼냈다. 당숙은 할 말이 있으니 차에 타라고 했다. 제야는 역 광장을 봤다. 거기 가로등이 있었다. 사람들이 오가고 있었다. 차 안에서 당숙은 말했다. 어렵게 생각할 것 없다. 네 아버지가 나와 같이 일한 세월도 있고 앞으로도 그럴 텐데 우리 사이가 어색해져서 좋을 것 하나도 없다. 내가 어떤 사람인지 너도 모르진 않을 거다. 앞으로 네가 무슨 일을 하든 내가 다 도와줄 수 있다. 그러려면 오늘 있었던 일도 그렇고 앞으로 우리 사이에 있을 일도 아무에게도 말하면 안 된다. 너도 그 정도는 알 거라고 생각한다. 어른스러우니까. 생각이 깊은 아이니까. 내가 걱정 안 해도 되겠지? 제야는 고개를 끄덕였다. 역시 넌 남다르다고 말하면서 당숙은 제야의 몸을 만지고 입을 맞췄다. 당숙의 핸드폰이 울렸다. 받지 않자 계속 울렸다. 당숙은 전화를 받고 멀쩡한 목소리로 인사했다. 먼저 가보겠다고 말하면서 제야는 차 문을 열었다. 당숙이 통화를 하면서 붙잡았지만 제야는 차 문을 닫고 역 광장 쪽으로 빠르게 걸었다. 할퀴듯 아팠다. 다리에 힘이 풀렸다. 당장이라도 당숙이 따라올 것만 같았다. 제야는 기차역으로 들어 갔다. 하얀 형광등 빛에 눈이 따가웠다. 휘청거렸다. 어지 러웠다. 당숙이 역 안으로 들어올 것 같았다. 제야는 여자 화장실로 들어갔다. 빈 칸에 들어가 문을 잠그고 쪼그려 앉았다. 꿈을 꾼 것 같았다. 분명 어떤 일이 있었는데 그 게 무슨 일인지 정리할 수도 판단할 수도 없었다. 지금 왜 기차역 화장실에 숨어 있는지도 알 수 없었다. 승호를 만 나기로 했는데 승호는 오지 않았다. 승호가 아니라 당숙 이 왔다. 핸드폰을 꺼내 승호에게 전화를 걸었다. 승호는 전화를 받지 않았다. 끊고 다시 걸었다. 다시 걸었다. 다시 걸었다. 승호는 전화를 받지 않았다.

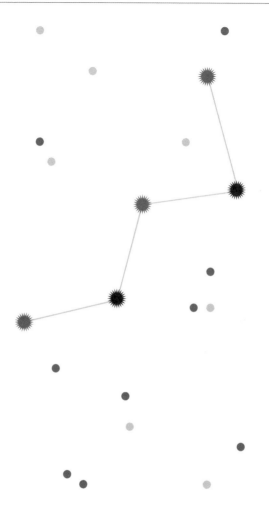

2부

2008년 7월 14일 월요일

　승호는 다섯살부터 자전거를 탔다. 초등학교도 중학교
도 자전거를 타고 등하교했다. 친구들과 자전거를 타고
두시간 넘게 달려가야 하는 유원지에도 여러번 다녀왔고,
방학이면 국도를 따라 시 경계를 넘기도 했다. 자전거 타
기라면 자신 있었다.

　그날 승호는 한 손으로 핸들을 잡고 한 손으로 우산을
들었다. 경찰서와 동사무소를 지나 사거리를 건넜다. 우체
국 앞에서부터 어깨와 턱 사이에 우산을 끼우고 달렸다.
초등학교와 문구사를 지나 모퉁이를 돌면서 다시 한 손으
로 우산을 들었다. 완만한 내리막길이 시작되었다. 비가
세차게 쏟아졌다. 승호는 어서 컨테이너로 가고 싶었다.
먼저 가서 제야를 기다리고 싶었다. 우산이 시야를 자꾸
가렸지만 그 길은 익숙한 길. 수천번 넘게 달려본 길. 신호
등 바뀌는 타이밍까지 완벽하게 아는 길. 가볍게 브레이
크를 잡으며 핸들을 꺾으려는데 관광버스가 나타났다. 급
정지하는 소리가 들렸고 승호는 나가떨어졌다. 금방 구급

차가 왔다. 시내 병원에서 응급조치 후 광역시의 대학병원으로 이송되었다. 오른쪽 얼굴부터 다리까지 엉망이었다. 뇌진탕도 있었다. 종아리 골절이 심각해 바로 수술이 잡혔다. 일주일 가까이 승호는 중환자실에 있었다. 뇌진탕 때문에 사고 당시나 이후 상황을 기억하지 못할 것이라고 의사는 말했다.

일반 병실로 내려오고도 승호는 계속 잠을 잤다. 잠깐씩 잠에서 깨는 순간마다 승호는 자기가 왜 누워 있는가 생각했다. 잠에서 깨면 환한 공간에 엄마가 보였고, 잠에서 깨면 아빠가 보였다. 잠에서 깨면 할머니와 고모가 보였고, 잠에서 깨면 담임 선생님이 보였다. 제야 누나와 제니는 언제 다녀갔을까. 잠결에 승호는 생각했다. 분명 다녀갔을 텐데 내가 잠을 너무 많이 자서 보지 못했겠지 생각하다가 다시 잠들었다.

어느 저녁, 잠에서 깨어나 잠에 취한 채, 승호는 어른들 소리를 들었다. 이사장 그 미친놈이 오후부터 술자리가, 이미 취해서 따라갔는데 제야 말로는 본 사람도 없고 거기 그 컨테이너에, 몰라 제야 그 애만 난리를 겁도 없이 경찰서에, 이사장 말로는 서로 좋아서…… 승호는 엄마를 불렀다. 엄마는 얘기하느라 승호 말을 듣지 못했다. 승호는 다시 엄마를 불렀다. 엄마가 승호를 내려다봤다.

누나가……

얘가 잠꼬대를 하나.

누나가 왜.

엄마는 간호사를 부르고 간호사는 의사를 부르고 엄마는 여기저기 전화했다. 다시 잠이 왔지만 승호는 잠들지 않으려고 안간힘을 썼다. 자기가 무슨 말을 들은 건지 알아야 했다.

제야는 핸드폰을 들고 생각했다. 누구에게 전화해야 하는가. 제니가 떠올랐다. 통화 버튼을 눌렀다. 통화대기음을 듣자마자 끊었다. 무슨 말을 어떻게 해야 하는지 겁이 났다. 스스로도 이해할 수 없는 이 일을 어떻게 설명한단 말인가. 핸드폰이 진동했다. 놀라서 핸드폰을 떨어트렸다. 발신번호에 제니 이름이 떴다. 전화를 받았다. 언니 왜? 왜 전화를 하다 말아? 제니는 걷고 있는 것 같았다. 어디야? 제야가 물었다. 방금 학원 끝났어. 애들이랑 떡볶이 먹고 들어가려고. 제야는 다음 말을 할 수 없어 가만있었다. 언니는 어딘데? 학교야? 제니가 물었다. 아니, 아니야. 제야가 대답했다. 그럼 어딘데? 집이야? 기차 출발 안내 방송이 들렸다. 화장실 스피커로 크게 들렸다. 이거 무슨 소리야? 제니가 물었다. 여기 기차역이야. 역에 있다고? 왜? 제야는 대답하지 못했다. 언니, 뭐야. 이상한데. 왜 거기 있어? 제니 목소리가 조금 작아졌다. 불안해하는 것 같았다. 승호도 같이 있어? 제야가 물었다. 승호 오늘 학원

안 왔는데. 안내 방송이 반복되었다. 언니 거기 왜 있느냐고 제니가 다시 물었다. 지나는 길에 화장실 들렀다고, 엄마한테 전화하려다가 너한테 잘못 건 거라고, 제야는 겨우 대답했다. 엄마는 집에 있을 거라고 제니가 말했다. 제야는 전화를 끊었다. 혼자 역을 나설 자신이 없었다. 엄마에게 전화해서 데리러 와달라고 말한다면, 그런데 어떻게 말하지? 엄마는 이상하게 생각할 것이다. 엄마에게 설명해야 할 것이다. 하지만 무슨 말을 어떻게, 어디서부터 시작하지? 문자메시지가 왔다. 당숙의 문자였다. 잘 들어갔느냐고 묻고 있었다. 제야는 핸드폰을 든 채로 입술을 물어뜯었다. 당숙에게 전화가 왔다. 제야는 핸드폰을 꼭 쥐었다. 울리던 진동이 멈췄다. 계속 전화를 받지 않고 답장을 하지 않으면 당숙이 집으로 찾아갈 것 같았다. 잘 들어왔다고 답장을 보냈다. 답장도 없고 전화도 안 받아서 걱정했다고 문자가 왔다. 씻느라 몰랐다고 답장을 보냈다. 그렇게 가버려서 걱정했다고, 비를 맞아서 감기 걸릴 수도 있으니까 따뜻한 차를 마시고 자라고, 내일 아침에도 자기가 학교까지 데려다주겠다고, 당숙이 긴 문자를 보냈다. 알겠다고 답장을 보냈다. 끝인 줄 알았는데 다시 문자가 왔다. 제야는 액정에 뜬 문장을 빤히 쳐다봤다. 좋아하고 아끼는 사람들에게만 전하던 굿나잇 인사가 거기 있었다. 답을 하지 않으면 또 전화가 올까봐, 알겠다고 재빨리 답장을 보냈다. 너무 딱딱하게 보낸 것 같아서, 당숙이 이상하게 생각하고 집에 찾아갈 것 같아서, '아저씨도 안녕히 주무세요'라고 쓰고 이모티콘을 붙여 한번 더 문자를 보냈다. 당숙은 지금 어디에 있을까. 설마 아직 주차장에 있을까? 핸드폰을 꼭 쥔 채로 한참을 망설이다가 칸막이 문을 조금 열고 바깥을 봤다. 아무도 없었다. 제야는 세면대 거울에 비친 자기를 멍청하게 쳐다봤다. 낯설었다. 처음 보는 얼굴 같았다. 수도꼭지를 올려 물을 틀었다. 손을 씻고 세수를 하면서도 자기가 무엇을 하고 있는지 자각하지 못했다. 교복 주머니에서 핸드폰이 진동했다. 젖은 손으로 핸드폰을 꺼내 통화 버튼을 눌렀다. 제야니? 방금 제니 전화 받았는데…… 엄마가 말했다. 제야는 물을 뚝뚝 흘리며 엄마 목소리를 들었다. 울어? 우는 거야? 왜 그래? 어디야? 엄마가 거듭 물었다. 제야는 나갈 수가 없다고 했다. 어서 와달라고 했다.

엄마 차를 타고 집으로 가면서 제야는 아무 말도 하지 못하고 울기만 했다. 엄마는 꾸짖듯 물었다. 무슨 일이냐. 왜 우는 거냐. 거기서 뭘 하고 있었느냐. 어디로 가려고 했느냐. 교복은 왜 그 모양이냐. 제야는 엄마한테 혼날까봐 겁을 냈다. 사실대로 말해도 혼날 것 같았다. 어째서 그런 생각이 드는지 이해할 수 없었다. 하지만 누군가에게 말하고 도움을 청해야 한다면, 그 한 사람은 엄마였다.

집에 들어서자마자 제야는 말하려고 했다. 하지만 말이 나오지 않았다. 더듬으며 그게, 거기서, 내가, 근데 같은 말만 내뱉었다. 엄마 표정이 점점 일그러졌다. 심호흡을 하고 천천히, 생각나는 대로 조금씩, 제야는 말했다. 말하면서도 믿을 수가 없었고, 말하면서 비로소 깨달았다. 자기가 무슨 일을 당한 건지. 엄마는 믿지 않았다. 말도 안되는 소리 하지 말라고 했다. 네가 뭔가 다른 잘못을 해놓고 야단맞을까봐 거짓말을…… 말하다가, 엄마는 제야의 표정을 봤다. 자기가 알던 딸이 아니었다. 다른 사람 같았다. 아니 이사장이 왜 너한테, 어째서 너한테, 이건 말이 안 된다고 중얼거리던 엄마가 제야의 손을 잡았다. 제야의 눈을 봤다. 엄마는 제야를 데리고 방으로 들어갔다. 제야를 바닥에 앉히고 고개를 흔들며 혼잣말을 하더니 바닥을 치면서 울었다. 엄마가 울어서 제야는 무서웠다. 확인하는 것 같았다.

이거는 너랑 나 말고 아무도 알아서는 안 돼.

엄마가 말했다.

누구도 알면 안 돼. 아무한테도 말하면 안 돼.

제야는 멍한 표정으로 엄마를 쳐다봤다. 엄마는 당숙의 말을 그대로 하고 있었다. 어떻게 엄마와 나만 알 수 있나. 당숙이 아는데. 당숙이 너무 잘 알고 있는데. 아무한테도 말하지 말라고, 앞으로 자주 만나자고, 앞으로도 너를 챙기고 책임지고…… 당숙의 말을 떠올리자마자 공포가 치솟았다.

나한테 또 그러면 어떡해?

네가 조심하면 된다. 우리가 조심하면 돼. 절대로 혼자

다니지 말고……

나는 학교도 가야 되고 학원도 가야 되고, 엄마.

내가 데려다주고 데려오고 그럴 거야.

집으로 올 거야. 나를 찾아올 거라고. 그럴 거라고 했어.

인간이 그럴 수는 없다. 그럴 리 없어.

제야는 방을 둘러봤다. 당숙이 바깥에서 모든 걸 듣고 있을 것만 같았다. 창문을 걸어 잠그고 커튼을 내렸다. 엄마가 너무 울어서 제야는 귀를 막았다. 엄마가 너무 울어서, 제야는 정신을 차릴 수 없었다.

그러게 왜 그런 데를 가. 집에 바로 왔어야지 그런 데를 왜 가서 미친 짓을 당해. 이걸 어디에 말해. 누가 이 말을 믿어. 아무도 안 믿을 거야. 뻔하다. 너만 망하는 거야.

제야가 두려워하던 말이 바로 그것이었다. 자기를 질책하는 말. 엄마에게 그런 말을 듣는 순간 갑자기, 모든 게, 선명해졌다.

신고할 거야.

제야가 말했다.

잡아가라고 할 거야.

정신 차려. 정신 차리고 말해. 너는 아직 어리고 앞길이 얼마나 먼데. 결혼도 하고 애도 낳고 그래야 하는데 어째서 네가 이런 일을 당해. 이게 무슨 날벼락이야.

　신고해야 해. 엄마. 안 그러면 나한테 또 그럴 거라고.

　제야는 신고해야 한다고 거듭 말했다. 엄마한테 그럴지도 모른다고. 엄마에게도 똑같은 짓을 할지도 모른다고. 엄마는 말도 안 되는 소리 하지 말라고 했다. 자기한테는 절대 그럴 리가 없다고 했다. 제야는 엄마 말을 이해할 수 없었다. 엄마한테는 절대 그럴 리가 없는데 나한테는 왜 그랬나. 현관문 여는 소리와 제니 목소리가 들렸다. 제야는 더 큰 공포에 짓눌렸다. 제니한테 그러면 어쩌지? 제야는 문을 열고 나가 제니 손을 잡고 제니 방으로 가서 문을 잠갔다. 나한테도 그랬으니 제니한테도 그럴 것이다. 제니와 언제나 붙어 다닌다면 우리 둘 모두에게 그럴 것이다. 언제나 같이 다니고 피해 다니고 조심하고 최선을 다해 숨어도 그 사람은 그럴 것이다. 엄마가 문을 두드렸다. 제니는 놀란 눈으로 제야 얼굴을 보고, 아무것도 모르면서 울었다. 발을 동동 구르고 제야를 껴안으며 울었다.

아빠는 자정 넘어 들어왔다. 무척 취한 채였다. 들어오자마자 쓰러져 잠들었다. 엄마는 거실 소파에 앉아 핸드폰을 쥐고 고민했다. 엄마가 무엇을 고민하고 망설이는지, 제야는 알 것 같으면서도 전혀 알 수 없었다.

눈을 감았다 뜨면 아무 일도 없었던 것 같았다.
하지만 끝없이 떠올랐다.
하지만 자기 일 같지 않았다.
하지만 고통이 있었다. 고통은 가짜가 아니었다. 고통은 진정되지 않았다.
눈을 감았다 뜨면 의심이 들었다. 아저씨가 내게 그럴 리가 없잖아. 모르는 사람도 아니고 어떻게 아저씨가 그럴 수 있지? 다른 사람 아니었을까? 아저씨와 비슷하게 생긴 사람?
눈을 감으면 컨테이너에서 있었던 일이 스냅사진처럼 지나갔다. 다른 사람이 겪는 일을 보는 것만 같았다. 당숙의 성기가 입으로 들어올 때가 떠올라 눈을 번쩍 떴다. 모든 게 거짓말 같은데 시각적 기억이, 몸에 남은 감각이 너무 또렷했다. 후려치듯 떠올랐고 실제로 맞은 것처럼 아팠다.

눈을 감았다. 죽은 것 같았다. 오래전에 죽은 시체 같았다. 죽었는데 왜 계속 생각하지? 죽었는데 왜 계속 무섭지? 죽었는데 왜 죽을 것 같지? 혹시 내가 그러길 바라는 것처럼 보였나? 그래서 그랬나? 제야는 자기를 의심했다. 자기의 눈빛이나 말투, 행동과 표정을 떠올리려고 애썼다. 맥주를 마신 게 잘못인가? 내가 맥주를 마셔서 그래도 된다고 생각한 걸까? 맥주를 마시는 여자한테는 그럴 수도 있는 건가? 어른들은 다 그러나? 둘이서 술을 마시면 다 그래? 별일 아닌 건가? 그래서 아저씨도 태연한 건가? 근데 엄마는 왜 울었지? 왜 아무도 몰라야 한다고 그랬지?

눈을 감을 수도 뜰 수도 없었다. 생각도 기억도 아무것도 통제할 수 없었다.

전부 자기 잘못 같았다. 그렇게 생각하는 게 차라리 쉬웠다. 자기가 뭔가를 잘못해서 일어난 일이 아니라면, 잘못하지 않았어도 일어날 일이었다면, 원래 이런 일을 겪을 인생이란 대체 뭐란 말인가. 하지만 다른 가정을 세울수는 없었다. 이렇게 했다면, 저렇게 했다면, 그렇게 하지않았다면, 아무리 가정해도 빠져나갈 구멍이 없었다. 학교갈 때 당숙의 차를 여러번 탔다. 동네에서 당숙을 만난 적도 있다. 시내에서 마주친 적도 있다. 명절이나 집안 행사가 있을 때마다 당숙을 봤다. 당숙은 종종 엄마 아빠와 얘기하러 집으로 왔다. 집에서 밥을 먹고 술을 마셨다. 제야방에도 들어왔었다. 방에서 좋은 냄새가 난다고 했었다. 당숙이 전화해서 제야야 잠깐만 나와볼래. 부탁이 있어하고 말했다면 제야는 별 의심 없이 당숙을 만나러 나갔을 것이다. 당숙이 그러기로 마음먹는다면, 오늘이 아니라도 앞으로 마주칠 숱한 날 중 어느 날, 제야는 당했을 것이다. 좋아한다고, 좋아해서 그런 것이라고 당숙은 말했지만제야는 본능적으로 알았다. 당숙이 자기 욕구를 충족시키고 싶던 그 순간 눈앞에 제야가 있었다. 좋아서가 아니라하고 싶어서 했다. 당숙은 제야를 강간한 게 아니라 여자를 강간한 것이다. 여자 중에도 자연스럽게 접근할 수 있는 여자. 자기를 의심하지 않을 여자. 말을 잘 들을 것 같은 여자. 힘으로 제압할 수 있는 여자. 일을 벌인 후에도 가까이서 통제할 수 있는 여자. 남들한테 얘기하거나 문제를 일으키지 않을 여자. 그래서 또다시 강간할 수 있는 여자…… 미성년자인 친척 여자. 제야는 그 조건을 충족시켰다. 제니도 마찬가지였다. 날이 밝아올수록 제야는 또렷해졌다. 있었던 일과 들었던 말과 그 의미까지, 곱씹을수록, 제자리를 찾아갔다.

제야는 자기를 지키고 싶었다. 제니를 지키고 싶었다.

제야는 강해지고 싶었다.

2008년 7월 15일 화요일

　엄마는 제야에게 집에 있으라고 했다. 제야는 교복을 입었다. 엄마는 제야에게 밖으로 나가지 말라고 했다. 제야는 신발을 신었다. 엄마가 학교에 전화해주겠다고 했다. 언제까지? 제야가 물었다. 일단 오늘은 집에 있으라고 엄마가 말했다. 내일은? 내일이 되면 괜찮아져? 안전해져? 집에만 있으면 해결되는 거야? 곧 방학이니 괜찮다고 엄마가 말했다. 대체 뭐가 괜찮다는 거야. 죄인처럼 집에 갇혀 사는 게 괜찮은 거야? 제야는 현관문을 열었다. 엄마가 차 열쇠를 들고 따라나섰다. 제야를 학교까지 태워주면서 엄마는 계속 당부했다. 친구들이든 선생님이든 아무에게도 말해선 안 돼. 절대 안 돼. 섣불리 말했다가 너만 손가락질 당한다. 엄마가 방법을 생각해볼게. 방법이 있을 거야. 수업 끝나면 밖으로 나오지 말고 엄마한테 전화해. 엄마가 바로 데리러 갈게. 제야야, 정신 차리고 엄마 말 들어. 엄마를 믿어.

　제야는 엄마의 방법을 알았다. 아무에게도 말하지 않는

것. 없었던 일처럼 넘어가는 것. 고양이처럼 예민하게 조심하면서 살아가는 것. 매 순간 긴장하고 모든 사람을 의심하는 것. 그렇게 혼자가 되는 것. 제야도 밤새 그 방법에 대해 생각했다. 갖가지 가정을 해보면서 앞날을 짐작했다. 계속 한동네에 살겠지. 아버지와 일하겠지. 다시 나를 건드릴 테고 제니의 안전도 장담할 수 없다. 은비를 생각하지 않을 수 없었다. 사람들에게 자기가 겪은 일을 말한다면, 은비에게 그랬던 것처럼, 사람들은 당숙이 아니라 제야에 관한 말을 만들어낼 것이다. 여자애가 애초에 그런 데서 혼자 담배를 피웠던 것 자체가 문제라고 말할 것이다. 고민 끝에 제야는 그편을 선택하기로 했다. 사람들 입에 오르내리며 그런 일을 당할 만한 애가 되는 편을. 더 나은 선택이란 없다. 지옥뿐이고, 지옥뿐이라면, 당숙도 지옥에 있어야 했다. 제야가 가만있으면 아무도 모를 테고 문제는 드러나지 않을 것이다. 아니, 문제는 계속 쌓이고 폭발해서 제야를 죽일 것이다. 제야는 갈림길에서 이쪽과 저쪽을 봤다. 앞길과 뒷길을 봤다. 제야는 엄마를 믿었다. 제야는 엄마가 가라는 길로 가지 않을 것이었다. 그건 믿음과는 상관없는 일이었다.

제야는 선생님에게 몸이 좋지 않아서 병원에 가야 한다고 말했다. 선생님은 조퇴를 허락했다. 제야는 산부인과에 가서 자기가 당한 일을 말하고 검사를 요청했다. 샤워를 했느냐고 의사가 물었다. 했다고 제야는 대답했다. 너무 더러웠어요. 다 씻어내고 싶었어요. 팬티는 가져왔느냐고 의사가 물었다. 샤워하면서 빨았다고 제야는 대답했다. 의사는 안타까워했다. 아무도 가르쳐주지 않았다고 제야는 대답했다. 성폭행 당한 다음에 어떻게 해야 하는지 들은 적이 없다고. 아무도 상상하지 못했을 것이다. 자기 자식에게, 자기 학생에게 그런 일이 일어나리라고는. 의사는 보호자에게 알려야 한다고 했다. 엄마도 알고 있다고 제야는 말했다. 원한다면 전화해서 확인해보시라고, 엄마의 핸드폰 번호를 넘겼다.

산부인과에서 나온 뒤 경찰서로 갔다. 당숙이 한 짓을 말하고 당숙을 당장 가둬달라고 요구했다. 자기가 안전해지는 방법은 그뿐이라고 강조했다. 경찰은 부모님 연락처를 묻고 제야를 회의실로 따로 불렀다. 제야는 모든 걸 말하겠다고 했다. 당숙을 잡아 가둘 수만 있다면 뭐든지 하겠다고. 경찰은 이 일은 어른들한테 맡기고 학생은 일단 집에 가 있으라고 했다. 나 아니면 아무도 몰라요. 나 혼자 겪은 일이라고요. 그런데 나를 빼고 뭘 한다는 거예요? 이건 어른들이 해결할 문제라고 경찰은 대꾸했다. 제야는 집에 갈 수 없었다. 경찰서를 나서는 순간 당숙을 만날 것 같았다. 당숙이 집으로 찾아올 것 같았다. 그런 일을 겪지 않으려고 경찰서에 온 건데, 경찰은 제야를 계속 집으로 돌려보내려고 했다.

근데 학생 얼굴이 너무 깨끗한 거 아닌가.

경찰이 제야의 팔과 목과 다리를 눈으로 훑었다. 교복 치마를 허벅지까지 걷어 올려보라고, 블라우스의 반팔을 어깨까지 올려보라고 했다.

상처 하나 없는 것 같은데. 멍 자국이나 긁힌 자국도 안 보이고. 반항한 흔적이 없잖아.

제야는 반항하지 못했다고 말했다. 반항하면 죽일 것 같았다고, 컨테이너 안에 흉기가 될 물건이 많았고, 물건이 아니라도, 그 사람이 목을 졸라버릴 것만 같았다고. 그 사람이 한 손으로 머리를 짓눌렀는데, 한 손이었는데, 그런데도 움직일 수가 없었다고.

반항하지 않았다고?

울었다고 했다. 하지 말라고, 싫다고, 제발 그만하라고 사정했다고 제야는 대답했다.

학생이 아직 어려서 뭘 모르네. 반항했다는 건 학생 말뿐인데 그것만 믿고 조사를 하고 그러긴 힘들지.

사실이 아니라면 제가 경찰서까지 와서 이렇게 말할 이유가 없잖아요. 여기 오기 전에 병원 갔어요. 검사해달라고 했어요. 결과가 나올 거예요. 진단서도 받아왔어요.

어린애가 별걸 다 아네. 그런 건 어떻게 알고 했대?

인터넷으로 찾아봤어요.

진단서도 큰 소용은 없어. 이런 사건일수록 증거가 확실해야 돼. 안 그러면 애먼 사람들 잡혀가서 억울해지고 그런다고. 눈에 보이는 상처라도 있으면 폭행죄라도 묻겠는데, 지금은 증거가 아무것도 없잖아.

내가 죽을 만큼 맞아서 병원에 실려 갔어야 된다는 거

예요?

학생, 생각해봐. 위험한 순간이 닥치면 인간은 본능적으로 저항이란 걸 해. 그러면 흔적이 남을 수밖에 없어. 근데 학생은 아무것도 하지 않았잖아. 할 수 있는데도 하지 않았잖아. 남자를 때리거나 할퀴기는 했나? 그럼 그 남자 몸에 뭐라도 남았을 건데.

제야는 죽을 것만 같았다고 했다. 몸을 움직일 수 없었다고, 마비된 것 같았다고, 소리조차 지를 수 없었다고, 아무것도 할 수 없었다고.

그러니까 말이 안 맞잖아. 술에 취해서 의식을 잃은 것도 아니고, 약물을 쓴 것도 아니고, 사지를 묶인 것도 아니고, 분명한 의식과 자유로운 신체 상태에서 그냥 당하고만 있었다는 건데, 그걸 누가 강제로 그런다고 생각하겠어? 그 남자도 자기가 강제로 한다는 생각은 못했을 가능성이 커. 어른들은 그런 것을 합의하에 성관계를 한다고 해. 학생도 들어봤지?

저항하면 죽을 것 같았다고 제야는 소리 질렀다. 강간이 잘못이지 반항하지 않은 게 어떻게 잘못이냐고 발을 구르며 소리 질렀다.

학생.

경찰이 제야를 빤히 쳐다보며 말했다.

학생 말하고 행동하는 거 보면 전혀 피해자 같지 않아.

피해자 같은 게 뭔데.

그냥 당하고만 있었을 것 같지 않다고. 진짜 그런 일이
있었다면 어젯밤에 신고했어야지. 여기서 소리 지를 게
아니라 어젯밤에 그 남자 앞에서 그랬어야지.

제야는 무서웠다고 대답하다가, 경찰이 무섭다는 의미
를 모르는 것만 같아서 물었다.

무서운 게 뭔지 알기나 해요?

뭘 무서워하고 그럴 성격 같지가 않다니까. 진짜 그런
일 겪은 애들은 이렇게 경찰서까지 찾아오지도 못해. 혼
자 병원 갈 엄두도 못 내. 아무것도 못하고 방에만 처박혀
있다가 미쳐버리고 말지 학생처럼 이렇게는 못해.

제야는 생각했다. 방에만 처박혀 있다가 미쳐버리는 자
기를. 다들 그럴 거라고 생각해도, 그게 피해자다운 거라
고 해도, 제야는 그럴 수 없었다. 미치고 싶지 않았다. 안

전해지고 싶었다. 제야는 눈물을 닦았다. 자세를 고쳐 앉았다. 제야는 강해지고 싶었다.

그런 눈으로 쳐다보지 마세요.

제야가 말했다.

잘못은 제가 아니라 그 사람이 했어요.

제야가 회의실에서 경찰과 다투고 있을 때 엄마가 경찰서에 도착했다. 곧 아빠도 왔다. 아빠도 사실을 알게 되었고 두 사람은 큰 소리로 싸웠다. 경찰들이 두 사람을 말렸다. 당숙도 경찰서로 왔다. 엄마는 당숙을 보자마자 달려들어 멱살을 잡아뜯었다. 아빠는 엄마를 말렸다. 이 사람 얘기도 들어보자며 진정시켰다. 당숙은 박경감 전화 받고 왔다고, 자기와 관련해서 학생이 이상한 말을 한다고, 일단 와보라고 해서 온 건데 그게 제야일 거라고는 생각도 못했다고 말했다. 신고하고 그럴 일이 아닙니다, 이건. 당숙이 재차 말했다. 남도 아니고 가족인데, 우리끼리 해결할 문제지 경찰서까지 와서 이럴 일이 아니잖아요. 제야가 왜 이러는지 모르겠어요. 제야가 저한테 뭔가 불만이 있나봅니다. 제가 잘 얘기해볼게요. 엄마는 우리 딸이 미쳤다고 자기만 손해 볼 거 뻔한 일을 이렇게 떠벌리겠느냐고, 얼마나 억울하면 경찰서까지 찾아왔겠느냐고 울며 소리 질렀다.

형수, 제야 생각하셔야죠. 제야 생각하면 형수가 이러면 안 돼요. 보고 듣는 사람이 여기 얼마나 많은데. 제야 얼른 데리고 나오세요. 말 나가지 않게 제가 단속할 테니까 일단 집으로 가세요. 가서 얘기하세요.

주위 경찰도 당숙의 말을 거들었다. 아빠는 엄마를 억지로 차에 태운 뒤 제야를 데려왔다. 제야는 당숙을 보고 주저앉았다. 당숙은 제야를 못 본 척하며 경찰들과 이야기했다.

제야의 질에서 채취한 정액이 당숙 것이라는 결과가 나오자 당숙은 곧바로 성관계가 있었다고 인정했다. 하지만 억지로 그런 게 아닙니다. 제가 제야를 때리거나 협박한 게 아닙니다. 같이 술 마시면서 얘기하다보니 자연스럽게 그렇게 된 거예요. 압니다. 어른으로서 바람직하지 못한 행동이었어요. 제가 정말 백배 천배 잘못했어요. 하지만 그건 제야가 말하는 성폭행이, 진짜 입에 담기도 무섭네요, 정말 그런 게 아니었어요. 저를 오랫동안 보지 않았습니까. 제가 그럴 사람입니까? 사실 제야와 제가 좀 특별한 관계이긴 했어요. 제가 제야를 학교까지 태워준 적도 많고, 제야가 저를 워낙 편하게 생각했고 저도 제야를 많이 아꼈습니다. 제야가 크면서 남녀처럼 그렇게, 그런 식으로도, 네, 잘못인 거 아는데, 제가 어른 행세 하면서 야단치고 그러면 제야가 엇나갈까봐, 그 나이 때 비뚤어지면 위험한 거 아시잖아요. 제야가 저를 남자 대하듯 그랬단 말입니다. 제야를 걱정하는 마음이 있어서 단호하게 거절하지 못하고 몇번 받아주다가 데이트 비슷한 것도 하게 됐고, 사실 한번도 아니고, 그동안 제야와 저는 여러번, 네, 정말 죽을죄를 지었습니다. 하지만 단 한번도 강제로 그러지 않았습니다. 맹세할 수 있어요. 저는 정말 진실을 위해 모든 걸 다 걸 수 있어요. 제야한테 물어보세요. 저랑 어떤 관계였는지 제야한테 물어보시라고요. 제야는 부끄러워서 거짓말할 수도 있겠지만, 제가 왜 거짓말을 하겠

습니까? 지금도 이렇게 솔직히 다 말하고 있잖아요. 형님
도 아시지 않습니까. 저는 명예가 있어요. 저랑 관계된 사
람이 온갖 공기관이랑 시장 바닥에 다 퍼져 있는데, 이번
일 때문에 사람들 입에 오르내리면 저는 명예도 잃고 신
뢰도, 저한테 그런 게 얼마나 중요한지 아시잖아요. 그런
데 제가 미쳤다고 그런 짓을 하겠어요? 제야가 왜 저러는
지, 왜 자꾸 말을 만들어내는지 모르겠습니다. 정말 답답
해 미치겠습니다. 제야는 대체 왜 그러는 겁니까? 뭘 원하
는 걸까요?

　부모님은 제야를 집 밖으로 나가지 못하게 했다. 제야
는 자해했고 구급대가 왔다. 점점 파리해지는 제야를 보
다 못한 엄마가 제야를 데리고 경찰서로 가면서 말했다.
그래, 너 하고 싶은 대로 해라. 죽는 것보다는 망한 인생이
낫다. 제야는 당숙을 고소하고 그날 일을 진술했다. 무섭
게 떠오르는 장면들이 너무 압도적이어서 세밀한 행동을
떠올리기 힘들었지만, 경찰은 그런 진술을 중요하게 생각
했다. 컨테이너 안에서 당숙이 무슨 얘기를 했는지, 제야

가 어떤 말과 행동으로 저항했는지, 구체적 단어와 상황을 말해달라고 했다. 제야는 당숙이 다가오던 순간, 벨트의 무늬, 돌변하던 표정, 악력, 냄새, 소리, 몸의 고통, 모서리의 거미줄, 컨테이너 벽에 비친 그림자, 얼룩 같은 것을 기억했다. 나머지 기억은 단편적이었다. 자기가 뭐라고 빌었는지 얼마나 큰 소리로 울었는지, 그런 건 짓이겨졌다. 경찰이 미심쩍어하면 제야는 두려웠다. 당숙은 사람들에게 그날 제야와 주고받은 문자를 보여주면서 이게 성폭행범과 피해자 사이에 주고받은 문자처럼 보이느냐고 물었다. 박경감이 제야 부모에게 전화해서 말했다. 고소해봤자 제야만 고생할 것이다. 정액 나온 거 아무 소용없다. 강제로 그랬다는 증거가 없지 않으냐. 증거불충분으로 무죄가 나오거나 선고유예가 될 것이며, 기소 자체가 안 될 가능성이 가장 크다. 기소되더라도 사건을 계속 돌리거나 시간을 끌면서 당신들을 지치게 할 것이다. 나도 딸이 있다. 제야 일이 남 일 같지 않다. 그래서 하는 말이다. 이대로 가다가는 당신들만 다친다. 이사장이 수틀려서 무고죄로 받아칠 수도 있다. 진흙탕 되는 거다. 더 늦기 전에 이사장과 합의하고 이 사건 접어야 한다. 그래야 제야도 살고 부모님도 산다.

어떤 사람들은 이사장이 그런 일을 저지를 이유가 없다고 말했다. 젊고 유능한 사업가가 뭐가 아쉬워서 친척 여자애를 건드리겠느냐고. 이사장 좋다는 여자가 줄을 설텐데, 이사장이 여자가 아쉬워 그런 짓을 하겠느냐고.

어떤 사람들은 술이 문제라고 말했다. 남자는 술에 취하면 그럴 수 있다고, 여자애는 술을 마신 것 자체가 문제라고.

어떤 사람들은 '여자 문제'라고 했다. 큰일 하는 남자에게 '여자 문제'는 아주 흔하고, 그건 사실 문제도 아니라고. '여자 문제' 때문에 골치 한번 안 썩어본 남자가 어디 있겠느냐고 했다.

어떤 사람들은 제야를 위한다며 이런 말을 했다. 평소에도 이사장이 여자애한테 용돈도 주고 가깝게 지내고 그랬다며. 여자애가 아직 어려서 뭔가 착각을 한 거 아니야?

제야를 동정하면서도 '무서운 여자애'라고 말하는 사

람도 있었다.

나이 많은 여자들은 이렇게 말했다. 네가 정말 그런 일을 겪었다 쳐도, 그래도 너는 잘못이 있다. 그렇게 자랑하듯 떠벌리면서 벌을 주겠다고 그러는 것도 정상적이지는 않다. 부끄러운 줄 알아야지. 너도 부끄럽고 우리도…… 우리가 다 부끄럽다. 감추고 쉬쉬해도 모자랄 판에 이게 재판을 받겠다고 나설 일이냐, 대체.

당숙에게는 그런 말을 하지 않았다. 혈기왕성한 남자에게 일어날 수 있는 해프닝 정도로 눙치면서, 당숙과는 태연하게 돈 버는 얘기, 어디 건물 값 오른 얘기, 공사 시작한 얘기, 국도 뚫리는 얘기, 자기 아들이 외고 가고 로스쿨 간 얘기만 했다. 어쩌다 제야 얘기가 나오면, 당숙은 자신을 피해자라고 했다.

제야는 혼자 울었다. 남들 앞에서는 울지 않고, 말했다.

그런 눈으로 보지 마세요. 잘못은 내가 아니라 그 사람이 했어요.

당숙은 집안 사람들을 찾아다니며 주장했다. 제가 사람

을 죽였습니까, 도둑질을 했습니까, 도박을 해서 집을 말아먹었습니까. 잠깐 잘못 생각해서 여자애한테 실수한 게 전부 아닙니까. 그게 제 인생을 통째로 부정당하고 저당잡힐 만큼 그렇게 큰 잘못입니까?

제니는 당숙 얼굴에 침을 뱉었다.

넌 이게 실수 같아?

쏘아붙이면서 다시 침을 뱉었다. 당숙의 엄마가 제니를 때렸다. 제니는 당숙의 엄마에게도 침을 뱉었다.

제야는 자기 때문에 제니가 그랬다는 생각으로 괴로웠다. 제야가 미안하다고 말하자 제니가 대꾸했다.

그런 말 하지 마. 언니는 그 누구한테도 미안하다고 하지 마.

제야는 문제를 일으키는 사람이 아니었다. 제야는 미안하다고 말하는 사람이었다. 제야의 생활기록부에는 '선하다' '참을성 있다' '배려심이 깊다' '화합을 중요하게 생각한다'는 말이 빠지지 않았다. 어른들은 제야의 그런 면을 늘 칭찬했다. 당숙이 '신고까지 할 줄은 몰랐다'고 말했을 때, 제야는 여태 어른들이 칭찬하던 자기의 그 부분들, 그래서 자신의 장점이라고 생각했던 그 부분들을 찢어발기고 싶었다.

　부모님은 합의서를 써야 한다고 제야를 설득했다. 합의를 하면 모두 안전해지고 합의하지 않으면 우리 가족만 힘들어질 것이라고 했다. 부모님과 당숙은 제야 이름이 들어간 합의서에 도장을 찍었다. 미성년자 성폭행이 아니라 친인척 관계인 미성년자와 성관계한 것을 문제 삼고 해결하는 합의서였다. 합의서에는 '이후 이 사건에 대해 법적, 금전적, 도덕적 책임을 묻지 않는다'는 문장이 들어 갔다. 고소는 없던 일이 되었다.

　제야는 어른들이 무슨 짓을 하고 있는지 몰랐다.
　제야는 강해지고 싶었다.

2008년 8월 16일 토요일

승호가 왔다. 환자복을 입고 있었다. 목발을 짚고 있었다. 승호가 크게 다쳤고 병원에 있다는 얘기를 제니에게 들었지만 가볼 수 없었다. 승호는 울었다. 아무도 자기에게 말해주지 않았다고 했다. 너는 몰라도 된다, 네 걱정이나 해라, 네가 죽다 살아났다, 그런 말만 했다고.

승호도 죽다 살아났다.

대학병원에서 수술하고 시내 병원으로 옮겼다고 했다. 겨우 제니와 통화했고 그동안 있었던 일을 들었다고 했다.

그동안 있었던 일.

승호는 미안하다고 했다. 미안하다는 말을 승호에게 처음 들었다. 아무도 내게 그 말을 하지 않았다. 사람들은 내가 그 말을 하길 바랐다.

미안하다는 단어에 담을 수 있는 일이 있고 도저히 담을 수 없는 일이 있다. 승호는 나를 만나러 오다가 사고를 당했다. 나는 승호를 기다리다가 그 일을 당했다. 환자복을 입은 채로 목발을 짚고 병원을 나와 택시를 타면서, 택시 안에서, 승호가 무슨 생각을 했는지 나는 모른다. 어떤 마음으로 나를 만나러 왔는지도 모르겠다. 아무 말도 나오지 않았다. 괜찮니, 많이 아팠겠다, 지금은 좀 어떠니, 그런 말은 할 수 없었다.

승호는 자기 탓이라고 했다. 자기가 사고를 당하지 않았다면 내게도 아무 일 없었을 거라고 했다. 그런 멍청한 말을 견딜 수 없었다. 잘못한 사람은 명백하지 않은가. 환자복을 입고서 그런 말이나 하는 승호가 미웠다. 밉다는 감정이 한없이 가볍게 느껴졌다. 너무 가벼워서 웃음이 날 정도였다. 그 감정은 금세 증발해버렸다. 크고 무서운 감정만이 남는다. 증오와 분노. 공포와 절망.

어른들은 내가 담배 피우고 술 마시는 나쁜 짓을 하려고 컨테이너에 간 줄 안다. 그날 이후 내 눈은, 귀는, 마음은 달라져서 담배 피우고 술 마시고 그런 건 전혀 나쁜 짓이 아니다. 나쁜 짓의 끄트머리도 차지하지 못한다. 사람들은 성폭행도 나쁜 짓이라고 말하나? 아무도 그렇게 생각하지 않는 것 같다. 재수 없는 일, 여자가 먼저 여지를 주니까 생기는 일, 남자가 술에 취하면 할 수도 있는 일 정도로 생각하는 것 같다. 그런 사람들이 '양쪽 말을 다 들어봐야 한다'고 말한다. 이상한 잣대로 이상한 판단을 한다. 내게 강한 이빨과 턱이 있다면, 내가 개라면, 나는 물어뜯을 것이다.

승호는 어른들에게 말할 거라고 했다. 내가 그날 컨테이너에 간 이유를. 담배는 원래 자기 것이라고. 제야 누나는 그날 거기서 나를 만나기로 했어요. 거기서 나를 기다리고 있었던 거예요.

미쳤구나.

나도 모르게 중얼거렸다.

그러면 나는 더 재수 없는 년이 되는 거야. 집안 남자 둘을 한꺼번에 잡아먹은 년.

나는 승호에게 그런 식으로 말해본 적 없다. 하지만 오늘 나는 그렇게 말했다.

따뜻한 말 따위 나눌 수 없다. 그래서 승호가 실망하고 나를 싫어하게 된다고 해도 어쩔 수 없다.

승호는 나를 싫어할 리 없다.

승호에게 빨리 병원으로 돌아가라고 했다. 승호가 나를 만나러 온 줄 알면 어른들이 싫어할 테니까. 말을 만들어낼 테니까. 나는 이제 가만히 있어도 음흉한 애다. 헤픈 애고, 착각하는 애고, 꿍꿍이가 있고, 남자를 꼬드기는 애다. 거짓말하는 애고, 부풀리는 애고, 부끄러운 줄도 모르는 애다. 그냥 가만히 숨만 쉬고 있어도 나는 그런 애다.

콜택시를 부르고 큰길에서 기다렸다. 승호는 계속 울었다. 나는 상상했다. 승호의 뺨을 때리고, 그만 울라고 소리지르면서 승호의 목발을 뺏어 승호를 내리치는 상상을. 내가 정말 그럴까봐 겁이 났다. 주먹을 쥐고 몸에 힘을 줘서 나를 통제했다. 나는 점점 뻣뻣해졌다. 우리 사이에 끝없는 골짜기가 생겼다. 이제 우리는 그 골짜기를 건널 수 없다. 내가 잃은 것과 앞으로 잃을 것들을 헤아리면서도 승호 생각은 하지 못했다. 골짜기에서 목소리가 들린다. 나는 다 잃을 것이다. 소중한 것부터 잃을 것이다. 나는 혼자가 될 것이다.

택시를 기다리는데 문구사 아줌마가 지나가면서 승호에게만 알은척을 했다. 네가 왜 여기서 이러고 있느냐 괜찮은 거냐 물었다. 나를 모를 리 없는데 나를 모르는 척했다. 나는 웃었다. 웃음이 났다. 승호를 부축해 택시에 태우고 택시비를 주고 택시 문을 닫고 돌아섰다. 조심히 가라거나 연락하겠다는 말은 하지 않았다. 승호는 고개를 돌려 나를 끝까지 쳐다봤을 것이다.

승호도 그럴 수 있을까? 힘으로 제압하고 성기를 꺼내서, 그럴 수 있을까? 지금은 아니더라도 어른이 되면 그럴 수도 있지 않을까? 오늘 승호를 보면서 잠깐이지만 그런 생각을 했고, 견딜 수 없었다. 그런 승호를 상상해버렸다는 것, 승호를 의심하는 것 모두 견딜 수 없었다. 나는 승호를 잃었다.

엄마 아빠는 매일 기도한다. 나를 위해 기도한다. 기도 따위…… 구걸하는 것만 같다. 이제 와서 대체 어떤 기도를 할 수 있단 말인가. 할 수 있는 기도가 남아 있긴 해? 나를 위해 기도할 게 아니라 내게 기도해야 하는 것 아닌가?

엄마가 강릉 이모 얘기를 했다.

어차피 나는 이 동네에서 살 수 없다. 살인하거나 자살할지도 모른다. 내가 정말 그렇게 해버릴까봐 두렵다.

엄마 아빠는 이 동네를 떠나본 적이 없다. 나도 떠나본 적 없다. 하지만 나는 떠나야 한다.

은비는 어디로 갔을까.

나도 그렇게 되었다. 소문 속 그 여자애가 되었다.

승호가 깁스를 풀고 목발 없이 걷게 되면, 어른이 되고 서른이 되면, 사람들은 승호의 교통사고를 거의 기억하지 못할 것이다. 내게도 그럴 수 있을까? 내게 달라붙은 더러운 소문과 억측을 지우고 나를 대할 수 있을까? 승호는 교통사고를 비밀로 할 필요가 없다. 하지만 난, 내가 저지른 게 아니라 당한 것임에도 비밀로 해야 한다. 들키지 않으려고 전전긍긍 눈치를 보고 거짓말해야 한다. 누군가는 내게 당당하라고 하겠지. 주눅 들지 말고 떳떳하게 살라고 말하겠지. 그런 말도 역겹다. 누구도 내게 떳떳해져라 당당해져라 말할 수는 없다.

여전히 은비를 만나고 싶지 않다. 나는 은비가 당한 일과 내가 당한 일을 비교할지도 모른다. 누구의 고통이 더 큰가 저울질할지도 모른다. 우리가 당한 일은 같은가? 비슷한가? 같거나 비슷하면 고통 또한 그런가? 어쩌면 나를 보는 것 같아서, 나는 은비를 저주하고 증오할지도 모른다.

어째서 내가 의심받는가. 어째서 내가 증거를 대야 하는가. 어째서 내가 설명해야 하는가. 어째서 내가 사라져야 하나.

날이 밝기도 전에 엄마는 승용차에 제야의 짐을 실었
다. 고속도로에 들어서자 여명이 밝아왔다. 제야는 이어폰
을 끼고 내내 눈을 감고 있었다. 엄마도 제야도 강릉 이모
집에 가보기는 처음이었다.

강릉 이모는 엄마의 삼십년 지기 친구였다. 스무살에
고향을 떠나 원주와 춘천에 살다가 강릉에 정착했다고 했
다. 어릴 때 서너번 이모를 만난 적 있다지만 제야의 기억
은 흐릿했다. 이모는 연말마다 과일 한 박스를 제야 집으
로 보냈는데, 받는 사람 이름에 꼭 제야와 제니 이름을 썼
다. 선물을 받으면 엄마가 이모에게 전화해서 제야를 바
꿔줬다. 제야는 전화기에 대고 이모 고맙습니다, 잘 먹겠
습니다, 새해 복 많이 받으세요, 말하곤 했다.

큰길과 좁은 길과 연립주택과 낮은 빌라가 뒤섞인 동네
에서 이모가 말한 '굿모닝 마트'를 발견하기 위해 엄마는
핸들을 수십번 꺾었다. 엄마가 길을 잃어 난감해한다는

걸 알면서도 제야는 눈을 뜨지 않았다. 이윽고 엄마가 차를 세우고 문을 열었다. 제야는 살짝 눈을 떴다. 차창으로 굿모닝 마트 간판이 보였다. 엄마와 이모는 포옹하고 서로의 등을 두드리며 짧은 인사를 나누고 있었다. 부모나 형제자매보다 강릉 이모가 엄마의 과거와 현재를, 엄마라는 사람을 훨씬 잘 안다고 했다. 제야도 그런 친구를 가질 수 있었다. 은비나 은서, 효주와 그런 친구가 될 수도 있었다. 제야는 잃은 것의 리스트에 '오랜 친구'를 넣었다.

이모 집은 오래된 빌라의 4층이었다. 엘리베이터가 없어서 무거운 캐리어 두개와 책이 든 박스를 집까지 힘겹게 옮겼다.

집이 환하네.

현관에 들어서며 엄마가 말했다. 이모가 냉장고에서 유리병을 꺼냈다. 미리 타서 얼음까지 넣어둔 아이스커피가 담겨 있었다. 엄마는 이모가 건네준 아이스커피를 마시고 땀을 닦았다. 제야는 화장실 문 앞에 엉거주춤 서서 발코니 창 가득한 하늘을 쳐다봤다. 이모가 밥과 생선조림과

회무침 등을 내왔다. 밥을 먹으며 엄마와 이모는 지인들의 안부를 묻고 전했다.

제야는 엄마가 어서 떠나기를 바랐다.

다시는 엄마를 만나지 않기를 바랐다.

엄마가 이곳으로 와서 같이 살기를 바랐다.

엄마와 차를 타고 어딘가로 끝없이 떠나고 싶었다.

현관문을 나서기 전 엄마는 제야에게 무슨 말인가를 건네려다가 제야의 표정을 보고는 말을 거뒀다. 제야는 발코니에 서서 배웅하는 이모와 차에 타는 엄마와 전진하고 우회전하고 건물 사이로 사라지는 검은색 아반떼를 가만히 내려다봤다.

이모는 제야가 오기 전에 도배와 장판을 새로 했다. 이불을 깨끗하게 빨아놓고 평생 들여놓지 않던 식물도 여러 종류 들여서 발코니를 푸르게 만들었다. 1톤 트럭을 불러 낡은 가구와 옷과 이불과 온갖 잡동사니를 버렸다. 아이보리색 책상과 옷장을 사서 작은방에 들였다. 그 방을 제야의 방이라고 소개하면서, 원한다면 안방에서 같이 자도 된다고 말했다. 제야는 혼자 잘 수 없다고 했다.

동네 좀 둘러보고 외식할래? 바다에 가볼래?

이모가 물었다. 제야는 나가고 싶지 않았다. 둘러보고 싶지 않았다. 바다는 무서웠다. 그럼 그건 다음에 하자고 이모는 가볍게 대꾸했다. 이모는 저녁으로 잔치국수와 부추전을 만들었다. 밤 열시가 되자 이모는 안방에 이불을 넓게 폈다. 이모는 쉽게 잠들지 못했다. 제야도 그랬다. 이모는 오랫동안 혼자 살아서 누군가와 같이 자는 게 어색하다고 했다. 그렇지만 곧 익숙해질 거라고 덧붙였다.

2008년 9월 7일 일요일

이모가 눈을 떴을 때 제야는 방에 없었다. 이모는 거실로 나갔다. 제야는 발코니 식물 틈에 쪼그려 앉아 창 아래를 내려다보고 있었다. 두 손으로 땅을 움켜쥐듯 주먹을 쥐고 있었다. 이모는 초조해졌다. 떨어지면 죽을 수 있는 높이였다. 이모는 일부러 소리를 내며 천천히 발코니로 다가갔다. 제야가 고개를 돌려 이모를 봤다. 아무 느낌도 감정도 없는 표정이었다.

뭘 보고 있었어?

이모가 물었다.

무당벌레요.

이모가 제야 가까이 다가갔다. 화분과 창틀 사이에 무당벌레가 있었다. 꽤 컸다.

벌레 만질 줄 알아?

이모가 물었다. 제야는 고개를 저었다. 어쩌지, 말하며 이모가 울상을 지었다.

알아서 나가라고 창을 열어둘까?

그럼 다른 벌레가 들어올 수도 있잖아요.

난 벌레 못 만지는데. 어떡하지.

무당벌레는 좋은 벌레래요.

난 집에 벌레 있는 거 싫은데. 무서운데.

이모는 어린애처럼 말했고 제야는 그런 이모를 힐끗 쳐다봤다. 이모는 발코니 수납장에서 목장갑을 꺼내 손에 꼈다. 크게 심호흡하고 무당벌레를 잡으려다가 멈칫거리길 반복했다. 무당벌레는 잠깐씩 날개를 펼쳤다가 접기를 반복할 뿐 날지 않았다. 벌레가 아니라 장난감이라고 생각하면 돼. 이모는 자기를 설득하듯 중얼거렸다. 얘는 살아 있는 벌레가 아니라 모형이야. 하지만 이모는 무당벌레에 손을 대지 못했다. 무당벌레가 날개를 펴는 순간 제야가 갑자기 손을 뻗어 무당벌레를 잡았다. 이모가 엑 하고 소리 질렀다. 제야는 방충망을 열고 무당벌레를 떨어트렸다. 무당벌레는 조금 떨어지다가 곧 날았다.

못 만진다며.

이모가 물었다. 계속 보다보니까 만질 수 있을 것 같아서 만졌다고, 근데 아무렇지도 않다고 제야가 대답했다.

중국집에서 짬뽕, 짜장면, 탕수육 세트를 시켜서 거실에 신문지를 깔고 먹었다. 네가 있으니까 이런 걸 할 수 있어 좋다고 이모는 말했다. 혼자서는 배달 음식 시켜 먹을 엄두도 못 냈거든. 앞으로 감자탕도 보쌈도 먹자. 치킨이랑 피자 세트도 시켜 먹자. 이모가 들뜬 목소리로 말했다. 혼자여도 시켜 먹고 남으면 냉동실에 넣어두면 되지 않느냐고 제야가 물었다. 이모가 일어나서 냉동실 문을 열어 보여줬다. 가득 차 있었다.

얼리면 다시 안 먹게 되더라고. 이거 오늘 다 치워야겠다.

그걸 다 먹자고요?

아니, 버릴 거야.

이모는 냉동실의 음식을 모두 버리고 냉장고 청소도 했다. 제야는 간단히 씻었다. 장 보러 갈까? 이모가 물었다. 제야는 고개를 끄덕였다.

이모의 소형 차를 타고 대형 마트까지 갔다. 이모는 역시 엄두가 나지 않아 사지 못한 게 있는데 오늘 그걸 살 거라고 했다. 이모는 배달 음식을 먹을 때만큼 들떠 있었다.

제야는 그런 이모가 약간 귀엽다고 생각했다. 마트에 들어서자마자 이모는 카트를 밀며 어딘가로 돌진했다. 커튼이 진열된 곳이었다. 이모는 오랫동안 그 물건을 봐온 사람처럼 망설이지 않고 커튼과 커튼 봉을 집어 카트에 담았다. 비슷한 색깔의 쿠션과 러그도 담았다. 예전부터 이렇게 세트로 사고 싶었는데, 이 중 하나만 빠져도 김이 샐 것 같아서 세개를 한꺼번에 살 수 있는 날을 기다려왔다고 이모는 말했다. 이모는 정말 신이 나 있었다.

거실과 안방 창에 커튼 봉을 설치하고 커튼을 달면서, 제야는 이모 말을 이해했다. 혼자서 하기에는 힘든 작업이었다.

이모는 들기름으로 김치와 밥을 볶고 김가루를 뿌렸다. 그 위에 달걀프라이를 올렸다. 거실 테이블에 팬을 두고 그릇에 따로 덜지 않은 채 그대로 퍼먹었다.

그럼 예전에는 어떻게 했어요?

제야가 물었다. 이모가 물김치를 먹으며 제야를 봤다.

벌레 있으면, 예전에는.

아아.

이모가 고개를 끄덕이며 대답했다.

애인을 부르거나 약을 뿌리고 도망쳤지.

근데 오늘은 잡으려고 했잖아요. 장갑 끼고.

그러게. 오늘은 그랬네. 내가.

말하면서, 이모는 살짝 만족스러운 미소를 지었다.

네가 옆에 있어서 그랬나봐. 어른다운 모습을 보여주고 싶었나.

제야는 이모의 미소도 말도 이해할 수 없었다.

벌레는 애들이 더 잘 만져요.

그런가?

그럴 걸요.

너도 어릴 때 그랬어?

모르겠어요.

네 말이 맞는 것 같아. 나 어릴 때는 잠자리도 매미도 잘 잡았거든. 개구리도 잡았어. 근데 왜 이렇게 되어버렸지.

김치볶음밥을 다 먹고 제야가 설거지하는 사이 이모는 거실 바닥을 닦고 카모마일티를 두잔 만들었다.

거실에 스탠드 조명이 있으면 어떨 것 같아?

이모가 물었다. 제야는 나쁘지 않을 것 같다고 대꾸했다. 2인용 소파는? 있으면 편할 것 같다고, 제야는 대답했다. 근데 마트에 맘에 드는 게 없어. 가구 시장에 가봐야 하나. 이모가 중얼거렸다. 인터넷으로 사면 되잖아요. 제야 말에 이모는 직접 보고 사는 게 아니면 내키지 않는다고 했다. 제야는 이모의 노트북을 켜서 이모가 그날 산 커튼과 똑같은 것을 금방 찾아냈다. 이모는 입을 떡 벌렸다. 두 사람은 차를 마시며 수십개의 스탠드 조명을 찾아보고 가까스로 하나를 골라 주문했다.

안방에 이불을 펴고 이모와 나란히 누웠다. 머리맡에는 작은 조명이 켜져 있었다. 제야가 온다고 이모가 마련해둔 것이었다. 이모는 한동안 망설이다가 입을 열었다.

실은 내가 담배를 피운다.

제야는 이모와 있는 동안 담배 냄새를 맡지 못했다. 집에서 담배나 재떨이를 본 적도 없었다.

집에서는 피우지 않겠지만 몸에서 냄새가 날 수도 있

어. 네가 그 냄새를 싫어할 수도 있을 것 같아서.

제야는 봉투에서 담배 한보루를 꺼내던 당숙을 생각했다. 사실 늘 그날을 생각했다. 따로 떠올리지 않아도 머릿속에 머물렀다.

그건…… 저도 피워요.

제야가 말했다.

가끔 나눠주신다면 감사히 받겠습니다.

이모가 웃었다.

이모는 머리에 수건을 두른 채 카레를 만들었다. 제야
는 일찍 눈을 떴지만 계속 누워 있었다. 오늘부터 금요일
까지 낮 동안 혼자 있어야 한다는 사실이 싫었다. 막막했
다. 제야야, 배고플 때 카레 먹어. 냉장고에 오이지랑 김치
랑 깻잎도 있어. 싱크대 서랍에 라면도 있고. 이모가 눈썹
을 그리면서 말했다. 제야는 눈만 껌뻑였다. 혼자 있기 무
서우면 택시 타고 병원 와. 십분도 안 걸릴 거야. 택시 타
기 싫으면 버스 타도 돼. 220번이나 222번 타면 되는데 그
거 타면 병원도 올 수 있고 반대 방향에서 타면 안목해변
도 갈 수 있어. 거기 까페도 많아. 자기가 병원으로 가면
방해되지 않느냐고 제야가 물었다. 일하느라 같이 있어줄
수는 없더라도 병원이 크고 부대시설도 많으니 혼자 있는
것보다는 서로 가까운 곳에 있는 게 낫지 않겠느냐고 이
모는 대답했다.

제야는 현관문을 붙잡고 서서 이모를 배웅했다. 발코니
에서 이모의 소형 차가 건물 사이로 사라지는 것을 보았

고, 그러고도 한참을 그 자리에 머물러 출근하는 어른들과 학교 가는 아이들을 바라봤다. 교복 입은 학생도 간간이 지나갔다. 결국 방송반에 남지 못했다. 그만둔다고 인사조차 하지 못했다. 경찰서에 찾아간 다음 날부터 학교에 가지 못했고 곧 방학이 시작되었다. 방학 전에 은서에게 문자가 왔었는데 답장하지 못했다. 은서도 소문을 들었겠지. 은서는 나를 믿어줄지도 몰라. 제야는 방으로 들어가 핸드폰을 찾았다. 전원을 켜고 은서에게 문자메시지를 쓰다가 지워버렸다.

제야는 이모가 마련한 책상과 의자를 골똘히 쳐다봤다. 벽지와 장판도 천천히 둘러봤다. 이모 집에 들어오고 처음으로, 구석구석을 오랫동안 훑어봤다. 아늑하고 정다웠다. 햇살에 드리우는 그림자마저 환했다.

카레에 비빈 밥을 천천히 씹으며, 제야는 생각하지 않으려고 했다. 그리고 생각하려고 했다. 어디선가 청소기 돌아가는 소리가 들렸다. 가만히 귀를 기울이니 텔레비전 소리, 사람들 말소리도 웅웅 들리는 것 같았다. 단층 가옥에서만 살아온 제야에게는 신기한 경험이었다. 일상에서

들리는 소음이 무서움의 무게를 조금 덜어주는 것 같았
다. 제야는 소리에 집중하며 이를 닦고 세수했다. 책장에
서 『자기 앞의 생』을 꺼내 가방에 넣고, 노트와 필통도 챙
겼다.

　총이 있으면 좋겠다고 제야는 생각했다. 가스총 말고
실탄이 장전된 진짜 총. 실패하지 않고 단번에 사람을 죽
일 수 있는 무기.

　싱크대 서랍을 열었다. 크기와 모양이 다른 식칼 두개
와 칼집이 있는 과도가 있었다. 과도를 바지 주머니에 넣
었다. 삐죽 튀어나왔다. 손에 쥐었다. 이런 걸 들고 다니면
사람들이 이상하게 보겠지. 이상하게 보이는 건 위험하다
고 제야는 생각했다. 가장 좋은 건 사람들 눈에 보이지 않
는 것. 여자로도 미성년자로도 보이지 않는 것. 제야는 과
도를 쥐고 집을 나섰다. 계단을 모두 내려선 뒤에야 과도
를 가방에 넣었다.
　동네를 천천히 걸어 나오다 미용실을 발견했다. 제야는

미용실에 들어갔다. 귀가 드러나도록 머리카락을 짧게 잘라달라고 했다.

220번 버스를 타고 이모가 일한다는 병원 앞에 내렸다. 구내 편의점에서 시원한 커피를 사들고 각 층을 둘러봤다. 이모가 일하는 사무실도 먼발치에서 확인했다. 병원을 나와 길 건너 정류장에서 버스노선도를 꼼꼼히 살펴봤다. 220번 버스를 탔다. 도심을 벗어나자 너른 들판이 보였다. 종점에 내렸다. 바다를 보고 싶지는 않았다. 하지만 이모가 권한 것을 해보고 싶었다. 이모는 가볍게 권한 건지도 모르지만, 제야는 가벼운 그것부터 해내고 싶었다.

까페에 들어가 외지지 않은 자리에 앉았다. 창밖을 한참 바라보다가 가방에서 책을 꺼냈다. 가름끈이 있는 곳을 펼쳤다. 가름끈 앞부분을 언제 읽었던가 떠올리다가 생각을 접었다. 읽은 내용이 거의 기억나지 않았지만, 앞장으로 돌아가고 싶지 않았다. 가름끈이 있던 곳부터 읽기 시작했다. 이전처럼 몰입해서 빠르게 읽을 수 없었다. 단어에 자꾸 걸려 넘어졌다. '재미' '성한 곳' '한달' '마비' '행운' '섹스숍' 같은 단어들, 그러니까 대부분 단어에서 제야는 숨을 멈췄다. 제야는 자꾸 중얼거렸다. 이건 소설이야. 세상에 없는 일이야. 이건 그냥 단어야. 그 일과 상관없는 글자야. 제야는 예전처럼 책을 읽고 싶었다. 책을 읽지 않는 자기는 상상할 수 없었다. 자기를 잃고 싶지 않았다. 제야는 고개를 들어 창밖을 보다가 다시 책으로 눈을 돌렸다. 작정하고 문장을 단숨에 읽었다.

"피와 산소가 뇌에 충분히 공급되지 못하고 있어. 아줌마는 이제 생각할 수 없게 되고 마치 식물처럼 살게 될 거야. 그런 상태가 얼마나 오래 지속될지는 몰라. 몇년씩이나 희미한 의식 속에 살아갈 수도 있어. 하지만 절대로 낫지는 않는단다. 얘야, 낫지는 않아."

'낫지는 않아, 낫지는 않는단다'를 심각하게 강조하는 것이 내게는 몹시 우스웠다. 마치 낫는 것이 세상에 있기나 한 것처럼 말이다.*

* 에밀 아자르 『자기 앞의 생』, 용경식 옮김, 문학동네 2003, 146면.

제야는 읽기를 멈췄다. 로자 아줌마의 상태와 자신의
현재를 비교하지 않으려고 애썼다. 비교는 멍청한 짓이라
고, 멍청한 짓을 그만두라고 자기에게 명령했다. 제야도
모모처럼 생각하고 싶었다. 낫지 않음을 당연하게 받아들
이고, 몹시 우스워하고 싶었다. 세상 모든 사람, 세상 모든
일을 우습게 여기고 싶었다. 그럼 그날 일도 우스워질 것
같았다.

내게 굉장히 우스운 일이 있었어.

제야는 모모에게 말을 걸듯 생각했다.

그 일이 있고 사람들 모두 우스워졌는데 그중에서 내가
제일 우스워졌지.

제야는 책을 읽고 싶었다.

내가 제일 우스워졌어.

제야는 책을 읽을 수 없었다. 모모처럼 우스워할 수 없
었다. 억지로 그러기도 싫었다. 그런 척하기도 싫었다. 책
을 테이블에 버리고 까페를 나왔다.

퇴근한 이모는 제야를 보고 깜짝 놀라더니 와하하 웃으

며 정말 잘 어울린다고 했다. 괜찮다면 귀를 뚫어볼래? 이모가 물었다. 제야는 그러겠다고 했다. 다음 날 저녁 병원 앞에서 이모를 만났다. 이모 손을 꼭 잡고 귀를 뚫었다. 이모가 검은색 구슬 모양 귀걸이를 사줬다.

2008년 10월 3일 금요일

제니와 승호가 강릉으로 왔다. 제니도 승호도 제야의 짧아진 머리카락과 검정 귀걸이를 보고 감탄했다. 이모의 차를 타고 월정사에 갔다가 주문진에서 회를 먹었다. 토요일 밤에는 하루 앞당겨 제니의 생일 파티를 했다. 해변에 앉아 케이크에 초를 꽂고 불을 붙이고 개똥벌레를 불렀다. 이모는 신기한 아이들이라면서 크게 웃었고, 누구보다 신나게 노래했다. 일요일 점심을 먹고 제니와 승호는 떠났다.

이제 그들이 오지 않으면 좋겠다고 제야는 생각했다.

웃고 얘기하다가도 별안간 아득한 골짜기로 떨어지는 기분이었다. 강릉에서 간신히 쌓고 있던 모래성의 귀퉁이가 무너진 것 같았다. 사랑하는 제니와 승호지만, 침범당한 기분이었다. 추스르기 힘들었다.

일요일 밤 이모 옆에 누워 제야는 그런 이야기를 했다. 고향 사람 아무도 만나고 싶지 않다고. 제니와 승호라면 다를 줄 알았는데 그렇지 않아서 당황스러웠다고. 동생들과 함께 있으니까, 바보 같은 생각인 줄 아는데, 그 사람도 가까이 있는 것 같았다고. 돌변할 것만 같았고, 정말 바보 같은 생각인 줄 아는데, 자기를 비난하고 공격할 것 같았다고. 내색은 하지 않아도 마음으로는 자기를 혐오하거나 의심하고 있을 것만 같았다고. 제니와 승호 없이는 살 수 없다고 생각했는데, 어쩌다 이렇게 되어버렸는지, 앞으로 어떻게 해야 하는지…… 말하면서 제야는 오래 울었다. 울음이 잦아들 때까지 이모는 제야를 안아주었다.

나한테서는 그런 느낌을 받은 적 없느냐고, 이모가 조심스럽게 물었다.

그런 적 없다고 제야는 대답했다. 그 일이 있었을 때 이모는 고향에 없었고, 이모와 고향에서 함께한 추억도 없고, 사실 이모는 거의 낯선 사람이니까.

나도 젊을 때는 엄마 아빠 보러 거기 자주 갔었지. 이모가 말했다. 근데 나이 들수록 뜸해지더라고. 잔소리도 지겹고.

이모는 어른인데도 잔소리를 듣느냐고 제야가 물었다.

몇살 정도면 어른일까.

이모가 되물었다. 제야는 모르겠다고 했다. 하지만 이모는 어른 같다고 했다.

그동안 나는 나 좋은 대로 살았어. 처음에 나가 살겠다고 했을 때는 엄마도 아빠도 엄청 반대했었어. 여자가 결혼하기 전에 바깥으로 나돌면 안 된다고. 거의 가출하듯 나온 거야. 결혼을 하지 않으니까 가족들은 내가 연애 한번 못해본 줄 알고, 아무도 나를 어른 취급하지 않아. 근데 나는 그것도 나쁘지 않았어. 어른은 뭔가를 책임지는 사람이라고 생각했는데, 나는 나 말고는 아무도, 아무것도 책임지고 싶지 않았거든. 근데 이번에 너한테 있었던 일 듣고……

이모는 말을 멈추고 제야 손을 조심스럽게 쓰다듬었다.

……부끄럽더라. 어른이면서 어른 아닌 척 살아온 나한테도 실망했고, 어른인 척하면서 어른답지 못한 인간들한테도 많이 실망했어. 부끄러웠어. 정말 부끄럽더라.

제야는 이모의 부끄러움을 전부 이해하지는 못했다. 하지만 눈물이 났다.

　진짜 어른이 되자. 어른이 되어보자. 그런 생각 했어.

　이모는 제야의 손을 잡고 가만히 말했다.

　어른으로서 미안해, 제야야. 정말 미안해.

　제야는 울고 싶지 않았다. 울면 멈출 수 없고, 밤새 울어야 할지도 몰랐다. 그러면 약해지는 것 같았다. 제야는 벌떡 일어나 앉고 싶었다. 일어나서 세수를 하고 기지개를 켜고 크게 소리를 내고 괜찮다고 말하고 싶었다. 강해지고 싶었다. 하지만 꼼짝할 수 없었다. 손가락 하나 움직일 수 없었다. 굳은 채로, 무거운 채로 할 수 있는 건 우는 일뿐이었다. 제야는 할 수 있는 일을 했다.

2008년 11월 1일 토요일

겨울 이불을 샀다. 커튼도 겨울에 어울리는 재질과 색깔로 바꿔 달았다. 저녁으로 떡만둣국을 만들어 먹고 빌라 옥상에서 담배를 피우며 이모에게 북극성 찾는 방법을 알려줬다. 지금은 작은곰자리 알파별이 북극성인데, 만이천년 뒤에는 거문고자리 알파별이 북극성이 될 거라고 말해줬다.

북극성이 하나가 아니란 말이야?

이모는 혼란스러워했다.

북극성은 하나죠.

근데 왜 달라져?

지구의 자전축이 움직이니까요.

어렵구나.

어차피 만이천년 뒤의 일이니까 괜찮아요. 이모의 북극성은 평생 저거예요.

그렇게 생각하니 쉽네. 만이천년이란 시간은 도대체 뭘까? 그게 시간이긴 한가?

제야는 만이천년을 생각했다. 별들이 더 또렷하게 보였다.

주중에는 거의 매일 버스를 타고 이모 병원에 들렀다가 도서관에 갔다. 소설도 에세이도 읽을 수 없어서 수학이나 물리 문제를 풀었다. 영어 단어를 외우고 영자 신문을 찾아 읽었다. 알아볼 수 없는 아이슬란드어나 핀란드어를 검색해서 따라 쓰기도 했다. 때로는 이모에게 말하지 않고 병원 중환자실 앞이나 휴게실 로비에 가만히 앉아 반나절을 보내기도 했다. 저녁에는 이모와 간단히 음식을 만들어 먹고 동네를 산책했다. 가끔 외식도 했다. 이모 차를 타고 밤바다를 보러 가기도 했다. 주말에는 대청소를 했고 장을 봤다. 발작 같은 공포가 제야를 움켜쥐는 순간도 많았지만, 제야는 해냈다. 굿모닝 마트까지 나왔다가 다시 집으로 돌아가는 날도 있었지만 어쨌든 제야는 지켰다. 갇혀 있지 말자는 자기와의 약속을. 매일 샤워를 하고 옷을 제대로 입고 바깥으로 나가는 일. 나가서 자기 아닌 사람을 보는 일. 제야는 그 일을 빠짐없이 해냈다. 매일 밤 내일 할 일을 생각했고, 아침이면 그날의 계획을 지키리라 다짐했으며, 저녁이면 어두워지는 발코니 창을 바라보며 이모가 퇴근하기를 기다렸다. 짧게라도 일기를 썼다. 무엇을 했는지 기록했다.

우울과 무기력증으로 이불 밖으로 도저히 나갈 수 없을 것 같을 때도 있었다. 신발을 신은 채 오후 내내 신발장 옆에 쪼그려 앉아 있기도 했다. 티셔츠와 바지를 입고 양말을 신기까지 한시간 넘게 걸린 적도 있었다. 그럴 때면 제야는 무당벌레를 생각했다. 날개를 펼치고도 날지 못하던 벌레. 그것을 빤히 쳐다보던 영원 같던 시간. 만지지 못할 것 같았는데 만졌고, 날지 못하는 줄 알았는데 날아가던 무당벌레. 벌레도 못 만지면서 어떻게 실패 없이 사람을 죽이나 생각했던 그날 아침을.

독서실에 다니고 싶다고 제야가 말했다. 검정고시를 준비할 거라고. 열심히 해서 내년 8월에는 통과하고 싶다고. 좋은 생각이라고 이모는 대답했다.

그래도 주말에는 이모랑 놀 거예요.

그 역시 좋은 생각이라고 이모는 대꾸했다.

근데 혼자 공부하기 힘들지 않을까? 학원 알아볼까?

나 공부 잘했어요.

제야는 머뭇거리다가 덧붙였다.

아직 자신 없어요. 어떤 집단에 들어가는 거. 매일 만나고 인사하고 친해지고 그런 거는.

그래. 그런 거는 아직 하지 말자. 독서실 알아본 데는 있어?

제야는 고개를 저었다. 내일 같이 다녀보자고, 병원 가까운 데부터 찾아보자고 이모가 말했다.

점심을 먹고 독서실 서너군데를 둘러봤다. 폐쇄적이지만 어둡지 않은 곳, 남녀 사용이 분리되는 곳을 선택했다. 서점에서 문제집을 사고 마트로 갔다. 이모는 카트에 보온도시락을 담았다. 제야는 괜찮다고 했다. 점심은 편의점이나 분식집에서 간단히 해결하면 된다고. 이모는 그러면 안 된다고 했다.

나랑 같이 있는 동안 너는 잘 먹을 거야. 대충 먹고 때우고 그러지 않을 거야. 나는 너를 대접할 거야. 네게 도움이 될 거야.

제야는 이모를 졸졸 따라다니면서 생각했다. 이모란 사람에 대해. 지난여름 그런 일이 없었다면 이모는 계속 낯선 사람으로 남았겠지. 이런 사람이 지구 어딘가에 있다는 걸 영영 모르고 살았겠지. 제야는 혼란스러웠다. 절대 겪고 싶지 않은 일을 겪었고, 지옥에 떨어졌고, 그 보상으로 이모를 만난 것만 같았다. 하지만 이모가 보상일 수 있나? 그런 일에 보상이 있을 수 있나? 이모는 어째서 이런 사람이고 당숙은 어째서 그런 사람인가. 나는 어떤 사람인가. 내가 어떤…… 사람일 수 있나? 제야는 사람이 저마다 다른 이유를 알고 싶었다. 사람이 선해지고 나빠지는 이유를 알고 싶었다. 섭리가 있다면, 삶의 지도가 있다면 그것을 보고 싶었다. 다른 길이 있는지, 다른 삶이 가능했던 건지, 시간을 되돌릴 수 없더라도 알고 싶었다. 그럼 조금은 납득할 수 있을 것 같았다.

집으로 돌아오는 차 안에서 제야가 물었다.

이모는 내가 겪은 일 때문에 나한테 잘해주는 거예요?

잘해주는 게 아니라 걱정하고 아끼는 거야.

너무 노력하지 않으면 좋겠어요.

노력해야 해. 이모가 단호하게 말했다. 사람은 노력해야 해. 소중한 존재에 대해서는 특히 더 그래야 해.

노력은 힘든 거잖아요. 제야가 중얼거렸다.

마음을 쓰는 거야. 억지로 하는 게 아니야. 좋은 것을 위해 애를 쓰는 거지.

제야는 일기에 이모의 말을 썼다. 언젠가는 이모의 말을 이해할 수 있길 바랐다.

2009년, 2010년

제야는 매일 아침 이모와 함께 집을 나섰다. 이모가 싸
준 도시락을 먹었다. 이모와 함께 집으로 돌아왔다. 검정
고시에 통과했다. 수능은 치지 않았다. 당장 대학에 가고
싶은 것도 아니고, 이모 곁을 떠나고 싶지도 않았다.

낯모르는 사람들 틈에 있을 때마다 제야는 생각할 수밖
에 없었다.

이 사람들 중에도 있을까. 나와 비슷한 일을 당한 사
람이.

있다 해도 절망스럽고 없다 해도 고통스러웠다.

이런 생각도, 하지 않을 수 없었다.

이 사람들 중에도 있지 않을까. 그런 짓을 한 사람이.

없을 거라고 생각할 수 없었다.

때로 티 없이 웃는 사람들을 보면 신기했다. 유모차를
탄 아기들을 보면 두려웠다. 아기들이 자라서 무슨 일을

겪을지 어떤 사람이 될지, 말갛게 웃거나 항의하듯 우는 아기를 보며 나쁜 상상을 하는 자기가 싫고 끔찍했다. 교복 입은 학생들을 마주치면 따라가고 싶었다. 집에 잘 들어가는지 확인하고 싶었다. 집 또한 확실하게 안전한 장소는 아니라는 생각이 들면 그저 다 포기하고 싶었다. 세상은 이미 타락했으니 걱정할 필요 없고, 나는 망가졌으니 망가질 것을 두려워하지 않아도 되고, 좋아지려고 노력할 이유도 없다는 생각이 제야를 홀가분하게 만들 때도 있었다. 그럴 때 제야는 조금 가벼워지고 명랑해졌다. 티 없이 웃었다. 웃으며 깨달았다. 내겐 눈과 귀가 하나씩 더 생겼구나. 남들에게는 없는 조직이 뇌에 하나 더 생겼나보다. 눈과 귀와 뇌조직이 하나씩 더 생겨서, 그 일을 겪지 않은 사람처럼 세상을 볼 수는 없게 되었다. 그러므로 또다시 그런 일이 생긴다면, 제야는 이전처럼 혼란과 공포에 빠지는 대신, 실패 없이 사람을 죽이는 방법을 써먹을 수 있을 것 같았다. 도움을 청하지 않을 것이다. 경찰서 따위 찾아가지 않을 것이다. 도서관에서 본 인체해부도를 떠올리며, 어디에 심장이 있고 폐가 있는지, 급소와 대동

맥과 아킬레스건의 위치를, 뼈와 뼈 사이 인대를, 2리터의
피를 흘리게 하려면 어디를 긋고 찔러야 하는지, 길을 걷
다가, 버스를 기다리다가, 버스 안에서, 시장 바닥에서, 집
을 나서기 전에도, 선잠에서 깬 까만 밤에도, 제야는 생각
했다.

이런 생각을 하는 제야는 예전에 다음과 같은 일기를
썼었다.

스무살이 되면 외국어를 잘하고 싶다고. 하고 싶은 게
많지만 느슨하다고. 그냥 지금이 좋다고. 하루하루를 꼭꼭
눌러서 살 수 있는 만큼 다 살아내고 싶다고.

제야는 사람을 죽이는 방법을 생각하는 사람이 되었
다. 여름에는, 특히 비가 오는 날에는 안정제를 먹어야 잠
들 수 있었다. 남자와 단둘이 있거나 남자 무리에 있으면
비명을 지르지 않으려고 입술을 물어뜯는 사람이 되었다.
길을 걷다가 습격당하는 상상에 빠지면 그 자리에서 꼼짝
못하는 사람이 되었다. 생각지도 못했던 곳에서 생각지도
못했던 사람과 살아가고 있었다. 언제나 함께일 줄 알았

던 제니, 승호와 멀어졌다. 셀 수 없이 많은 것이 변했지만 변하지 않은 것도 있었다. 이를테면, 살 수 있는 만큼 다 살아내고 싶은 마음 같은 것. 제야는 살아내고 싶었다.

새해가 되고 겨울이 멀어지고 바람은 순해졌다. 저녁 산책을 하며 제야는 이모에게 돈을 벌고 싶다고 말했다. 급하게 생각할 것 없다고 이모가 말했다.

나는 내가 쓸모없는 것 같아. 나는 아무것도 할 수 없을 것만 같아. 나쁜 생각을 끊지 못하고 벌벌 떨고 사람을 경계하고 겉돌면서 점점 더 나를 쓸모없는 인간으로 만드는 데만 집중하는 것 같아. 쓸모없어야 아무것도 안 할 수 있으니까. 아무것도 안 하는 게 당연해지니까. 왜냐면 나는 아무것도 할 수 없는 인간이니까.

제야는 앞만 보고 걸으며 중얼거리듯 말했다.

근데 그럼 나는 뭐지 이모?

꼭 무언가를 해야 되는 건 아니야. 너는 지금으로도 충분해.

예전에 다람쥐가 쳇바퀴 돌리는 거 본 적 있어. 어릴 때

가족들이랑 시골 식당에 갔었는데 거기 정원에 커다란 다람쥐 우리가 있었거든. 다람쥐는 빠르게 정말 전속력으로 쳇바퀴를 돌렸고 나는 넋을 놓고 그걸 봤지. 되게 오래 돌렸어. 나는 다람쥐가 그러다가 심장이 멈춰 죽을까봐 걱정했는데, 갑자기 다람쥐가 달리기를 멈췄어.

이모가 제야의 팔뚝을 쓰다듬으며 팔짱을 꼈다.

다람쥐는 바퀴를 왜 돌릴까 이모.

좋으니까 돌리겠지.

종종 다람쥐는 왜 쳇바퀴를 돌릴까 생각했는데 얼마 전에는 다른 생각이 들었어.

이모가 제야를 바라봤다.

다람쥐는 왜 달리기를 멈출까.

힘드니까. 네 말처럼 계속 그렇게 달리다가는 심장이 멈춰버릴 테니까.

그렇겠지. 깊게 생각할 것도 없이 그게 전부지.

제야가 천천히 대꾸했다.

다람쥐가 쳇바퀴를 돌린다고 달라지는 건 아무것도 없잖아. 우리를 벗어날 수 있다거나 하늘을 날 수 있는 것도 아니고, 없던 게 생기는 것도 아니고, 아무 보상도 없어. 다람쥐가 달리기를 멈춘다고 달라질 것도 없지. 그냥 다람쥐가 좋아하거나 다람쥐가 힘들 뿐이야.

넌 아무것도 하지 않는 게 아니라 살아가고 있어. 하루하루 잘 살아가면서 조금씩 건강해지고 있어. 네가 조급해하지 않으면 좋겠어. 뭔가를 시작하더라도 여름 지나고 하면 좋겠고.

그냥 그렇다는 거야, 이모. 다람쥐 쳇바퀴 같은 거. 좋다가 힘들어지는 거. 힘들어서 내려왔는데 다시 타고 싶은 거. 아무것도 아닌 거. 근데 다람쥐에게는 아주 중요한 일과인 거.

넌 다람쥐가 아니야.

달리는 연습을 해야 해. 언젠가 정말 전속력으로 달려야 할지도 모르잖아.

그런 때가 오면 저절로 달리게 될 거야.

나는 지금 이모 옆에 있어서 좋아. 안전하다고 생각해.

근데 우리 속에 있는 것 같아?

안전하니까.

내가 옆에 없을 때는 힘들다는 거지?

불안해.

사람들 속에 있으면?

아니, 이대로 내가 정말 쓸모없어질까봐.

제야는 병원 옆 편의점에서 아르바이트를 시작했다. 가방에는 늘 과도가 들어 있었다. 총을 갖고 싶다는 생각은 여전했다. 이모가 방패처럼 생각될 때도 있었다. 이모는 많은 것을 막아주고 가려줬다. 제니와 승호에게 매일 문자메시지가 왔다. 제야는 답하거나 답하지 않았다.

일을 그만두고 다시 시작했다. 다시 시작한 일을 그만두려다가 견뎠다. 가방에 손을 넣어 과도를 잡고 칼집을 뺀 적도 있다. 버스에서였다. 그때 제야는 정말 남자를 죽일 작정이었다. 어떤 사람은 제야 대신 싸웠다. 어떤 사람은 제야에게 친절했다. 어떤 사람은 제야를 무시했다. 어떤 사람들은 제야를 겁주거나 깔보기 위해, 무언가를 못하게 하려고 '여자애가' '여자가' '어린애가' '어린 여자가'라는 단어를 썼다. 화가 날 때 제야는 아이슬란드어나 핀란드어로 대꾸했다. 아는 단어만 연결한, 아무 의미 없는 문장에 사람들은 멈칫했다. 알아듣지도 못하면서 화를 냈다. 제야는 밤에 혼자 다니지 못했다. 걸으면서 이어폰으로 음악을 듣지도 못했다. 친절한 남자를 의심했고 무례한 남자를 무서워했다. 길거리에서 움직일 수 없어 이모에게 여러번 전화했다. 감을 잃지 않으려고 문제집을 풀었다. 매일 일기를 썼다. 제야는 하루하루를 살았다.

2011년 12월 8일 목요일

수능 성적이 나왔다. 언어와 외국어는 나쁘지 않고 수리는 생각보다 낮은 등급. 이모가 방어회를 사줬다. 이모와 살면서 나는 방어회 맛을 알아버렸다. 아…… 수능 친날 이모가 사준 참치회 맛은 잊을 수가 없다. 이모는 내게 알려주면 안 되는 걸 알려준 거다. 참치나 방어의 맛뿐 아니라 아주 많은 부분에서, 내 입맛이나 취향이나 온기의 영역에서, 이모 때문에 나는 예전과는 결이 다른 허기를 느끼고 불행해질지도 모른다.

이모에게 나 때문에 돈을 너무 많이 쓰는 것 아니냐고 물어봤다.
이모는 돈 많다고 했다. 나는 이모 부자냐고 물었고, 이모는 부자라고 했다. 아닌 거 다 아는데.

처음에는 이모가 엄마에게 내 생활비를 받는 줄 알았다.

아르바이트 하면서 한학기 등록금 정도는 모았다. 이모가 먹여주고 재워주니까 가능했지 혼자였다면 꿈도 못 꿨을 것이다. 수능 시험을 볼 수도 없었을 것이다. 이모는 혼자였어도 충분히 그렇게 했을 거라고 말했지만, 나는 잘 모르겠다. 이모는 내 가능성을 너무 크게 본다. 하지만 이모 말을 믿고 싶다. 내가 판단하는 나보다는 이모 말을 믿자. 그게 나를 지킨다.

부모님 돈으로 대학에 가고 싶지는 않다. 거기엔 분명 합의금이 묻어 있을 것이다. 어떤 식으로든 포함되어 있을 것이다. 그 돈으로 살고 싶지 않다.

내 친구들은, 친구들이라는 말을 써도 되는지 모르겠다. 아무튼 내가 정상적으로, 정상적이라는 말도 이상한데…… 고등학교를 졸업하고 바로 대학에 갔다면 나는 이제 대학교 2학년이 되는 건가? 3학년인가? 이런 가정 너무 이상하다.

제니에게 전화가 왔다. 귀여운 제니는 엉엉 울었다. 중학생 때도 그랬는데. 시험 치면 울고 성적 나오면 또 울었지. 고등학생 되고서도 시험만 치면 내게 전화해서 울었지. 수능 치고도 그럴 줄은 몰랐지만, 어김없이 제니는 엉엉 울었다. 제니는 울어도 우는 것 같지가 않다. 웃을 수는 없으니까 우는 것 같다. 제니는 진짜 화나거나 분하면 울지 않지. 아주 차가워지고 똑똑해지지. 그럴 때 제니 주변은 정말 조금 추워지는 것 같았다. 뱀파이어처럼. 지금도 그럴까? 겨우 몇년 떨어져 지냈는데 떨어져 지낸 그 시간이 우리의 전부 같다.

대학을 간다면, 만약에 제니와 같은 지역으로 갈 수 있다면, 혼자 시작하지 않아도 된다. 그럴 수 있을까? 이모를 떠날 수 있을까? 이모는 내게 넌 정말 젊다고 말했다. 한숨이 나올 만큼 젊다고 했다. 엄마가 한 말이 생각났다. 넌 아직 어리고 앞길이 얼마나 먼데. 엄마의 그 말은 끔찍했다. 내 인생이 끝장난 것처럼 느껴졌지. 이모가 내게 젊다고 했을 때, 나는 두려웠다. 젊음은 좋은 건가. 젊음은 위험하다. 나는 내가 어리지도 젊지도 늙지도 않은, 모르 겠다, 그런 모든 형용사에서 벗어나고 싶다.

이젠 잠도 길게 자고, 잠을 자지 못하면 잠들려고 노력 하지 않는다.

여름도 비도 견딜 만하다.

이모는 뭐든 다 해보라고 했다. 일단 해보고 생각처럼 되지 않으면 생각을 달리해보고, 그런데도 못 견딜 것 같 으면 다시 강릉으로 오면 된다고 했다.

이모는 애를 쓰는 걸까? 이모는 누군가가 누군가를 위 해 애쓰는 건 아주 멋지고 좋은 일이라고 했다. 나는 이모 가 애쓰는 걸까봐 여전히 두렵다.

이모의 말을 여기 적어둔다.

한숨이 날 만큼은 아니지만 나도 아직 젊다. 지금도 나 는 부자지만 앞으로 더 부자가 될 거야. 무슨 일 있을 때는 젊고 돈 많은 솔로 이모를 생각해. 두려울 게 없을 것이다.

도망치지 않기 위해서 이모의 말을 적어둔다.

나는 절대 이모에게로 도망치지 않을 것이다. 도망칠
생각으로 살지는 않을 것이다. 이모에게는 늘 웃으며 돌
아올 것이다. 그래서 이모도 웃게 할 것이다.

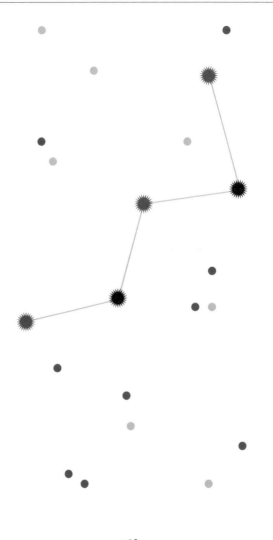

3부

2012년, 2013년

　제야와 제니는 같은 도시의 다른 대학에 응시했고 합격했다. 서울에서 멀지 않은 도시였다. 같이 살 방을 구할 때 제니는 엄마와 같이 왔다. 제니 짐을 옮길 때는 엄마 아빠가 같이 왔다. 부모님은 제야에게 힘이 되는 말을 해주려고 했다. 제야는 부모님의 친절을 자연스럽게 받아들일 수 없었다. 가족에게서 자기 존재가 아주 지워진 느낌이었고, 아니 제야가 가족을 지운 건지도 몰랐다. 예전처럼 가족 안에 있을 수가 없었다. 도망치고 싶었다. 화를 내고 싶었는지도 모른다. 부모님은 제야에게 다정했다. 원래 다정한 사람들이 아닌데 다정한 시늉을 했다. 부모님이 월세를 내주겠다고 했지만 제야는 자기가 반을 부담하겠다고 우겼다. 짐을 모두 정리하고 낯선 방에 제니와 누워서, 제야는 생각했다. 제니와 같이 살기로 한 것이 옳은 선택일까. 제니는 금세 잠들었다. 제야는 잠들지 못했다. 당장 강릉으로 돌아가고 싶었다.

제야는 친구를 사귀려고 애쓰지 않았다. 학과 활동에 참여하지도 않았다. 학기 초에, 여기저기 붙은 동아리 홍보 포스터를 봤다. 교내 방송국 동아리실 앞까지 갔다가 돌아섰다. 방송 원고를 쓸 생각으로 설레던 시절이 있었는데, 자기 얘기 같지 않았다. 지어낸 기억 같았다. 때로는 내가 왜 대학에 왔나 생각했다. 이모도 제야도 대학에는 가야 한다고 생각했었고 그런 식의 대화를 길고도 오래 했었는데, 그 내용이 전혀 기억나지 않았다. 이모에게 전화해서 물어보고 싶었지만 그런 식으로 이모를 불안하게 하고 싶지는 않았다.

도시는 거대했고 사람은 어마어마하게 많았다. 어딜 가나 시끌벅적했다. 모두 익명이었고, 이름을 알아도 익명으로 대할 수 있었다. 학교에 있을 때 제야는 되도록 사람이 적은 곳을 찾아다녔다. 건물 옥상과 후미진 뒤뜰과 샛길 같은 곳을 찾아 헤맸고, 그런 곳을 찾아낸 다음에는 불안해했다. 그곳에서 무슨 일이 벌어질까봐. 제야는 자기가 뭘 원하는지 알 수 없었다.

제야는 차차 깨달았다. 강릉에서 자기가 조금은 건강해

졌다고 느꼈던 이유를. 이모의 분위기가 그것을 가능하게 했다. 이모의 분위기가 제야를 감싸 안고 괜찮다 괜찮다 주문을 걸었던 것이다. 익명의 도시에서는 그런 분위기를 찾을 수 없었다. 괜찮아진 줄 알았던 제야는 더 나빠졌다.

제니는 1학년인데도 과제가 많았다. 영어 학원에도 다녔다. 동아리에도 가입해서 늘 바빴다. 늦게 들어오는 날이 많았고 주말에도 집을 자주 비웠다. 제야는 주중에도 주말에도 아르바이트를 했다. 역시 늦게 들어오는 날이 많았고 주말에도 그랬다. 밤늦게 집에서 만나면 제니는 언니 오늘은 어땠어? 밥 먹었어? 물어봤다. 제야는 대부분 긍정적으로 대답했다. 별일 없었어. 먹었지. 괜찮았어. 대개 거짓말이었다. 아니, 속이 텅 빈, 아무 의미 없는 대답이었다. 제야는 늘 죽음을 생각했다. 강의를 들으면서도 길을 걸으면서도 까페에서 설거지를 하면서도 고통 없이 죽는 방법과 고통의 끝에서 죽는 방법을, 사라지고 없어지는 것을 생각했다. 제야는 오직 자기만을 들여다봤다. 한없이 처참할 자신의 미래를, 점점 나빠질 삶을, 아무리 애써도 좋아질 수 없는 자기 인생을 상상하고 단정했다. 제야는 궁금했다. 2008년 7월 14일에 그런 일을 겪지 않았다면 지금 자기는 어떤 생각을 하며 어떻게 살고 있을지. 다르지 않을 것 같았다. 그런 일이 있었든 없었든 자기는 구제불능으로 죽음만을 생각하고 있을 것 같았다.

　제야에게 자주 문자메시지를 보내는 남자가 있었다. 제대 후 복학한 3학년 선배로 제야보다 한살 많았다. 2학기 수강신청을 하기 전에는 제야에게 먼저 연락해서 무슨 강의를 먼저 들으면 좋은지, 어떤 교수의 강의가 괜찮은지 알려줬다. 커피와 샌드위치를 사주고 시험기간에는 도서관 자리를 맡아줬다. 매일 제야의 안부를 물었다. 제야의 아르바이트가 끝나기를 기다렸다가 같이 맥주를 마셨다. 함께 영화를 봤다. 남자는 제야에게 넌 특별한 사람이라고 했다. 네 생각을 늘 하고 많이 아낀다고 했다. 제야는 그와 비슷한 말을 생의 가장 끔찍한 날에 들은 적 있었다.

　남자와 잤다. 자기 전에도 잔 뒤에도, 이깟 섹스 따위 아무 의미 없다고 제야는 생각했다. 남자를 만날 때마다, 남자와 얘기할 때마다, 남자와 함께 있는 모든 순간에, 그리고 혼자 있는 순간에도 제야는 당숙을 생각했다. 성폭행이 아니라 당숙 자체를 생각했다. 제야는 자기가 당한 일을 남자가 몰라서 좋았다. 제야의 우울과 예민함을 원래 성격으로 받아들이는 사람이어서 좋았다. 자기를 좋아해줘서 좋았다.

제니에게도 승호에게도 남자에 대해서 말하지 않았다. 그런 일을 겪고도 연애를 하다니 정말 남자를 밝힌다고 생각할까봐 겁이 났다. 그건 사실 제야가 자기에게 하는 말이었다. 그런 일을 겪고도 연애를 하다니. 그건 사실 제야의 머릿속 당숙이 하는 말이었다. 넌 정말 남자를 밝히는 애구나. 제야는 당숙을 떨쳐낼 수 없었다. 남자에게 잘해서 인정받으면 당숙을 지울 수 있을 것 같았다. 제야는 늘 남자의 기분과 욕구를 살폈다. 자기감정을 모두 남자의 사랑과 연결시켰다. 남자가 있으나 없으나 우울하고 불안하고 외롭다는 걸 알면서도 그랬다. 남자가 점점 커져서 모든 걸 없애주길 바랐다. 제야의 기억과 망상을. 제야 자체를.

2학년 1학기가 시작되고 얼마 지나지 않았을 때, 남자와 학생식당에서 밥을 먹다가 아는 사람을 만났다. 분명 전에 본 사람이었다. 실수하고 싶지 않아서 제야는 먼저 인사했다. 상대도 인사했다. 상대는 조금 놀란 표정이었다. 그제야 제야는 상대가 누군지 알아챘다. 중학교 후배였고, 고등학교도 잠깐 같이 다닌 사람이었다. 친한 사이는 아니었다. 눈인사조차 나누지 않던 사이였다. 이름도 몰랐다. 괜찮아, 학교는 넓고 사람은 많아. 다시 만나지 않으면 돼. 내게 있었던 일을 저 사람이 알더라도 상관없어. 그런 걸 떠벌리고 다닐 이유가 없잖아. 제야는 밥알을 씹으며 생각했다. 남자는 맞은편에 앉아 밥을 먹으며 핸드폰을 보고 있었다.

신입생 환영 술자리가 있다고, 같이 가자고 남자가 말했다. 제야는 싫다고 했다. 남자는 자기 없으면 학교생활 어떻게 하려고 그러느냐고, 사람을 좀 사귀어두고 친해져야 한다고 계속 강요했다. 아르바이트하는 동안에도 남자는 문자를 보냈다. 일 끝나면 꼭 들르라고, 너 온다고 애들한테 다 말해뒀다고, 오지 않으면 애들이 이상한 오해를 할 수도 있다고 했다. 제야는 남자가 바라는 대로 했다. 술집으로 갔고, 그 자리에서 다시 만났다. 학생식당에서 만난 고향 후배를. 후배는 취해 있었다. 제야를 보며 반가워했다. 호들갑을 떨며 인사했다. 전에는 제가 너무 당황해서 제대로 인사도 못했어요, 죄송해요, 근데 정말 반가워요 언니, 말하면서 제야를 끌어안았다. 후배는 취해서 불필요한 말을 계속했다. 언니가 잘 지내는 것 같아서 정말 다행이에요. 언니가 제 선배님이어서 너무 좋아요. 너무너무 좋아요, 우리 친하게 지내요, 언니.

머릿속이 쿵쾅쿵쾅 울렸다. 머리 뚜껑을 열고 당숙이 뛰쳐나왔다. 술집과 동네와 학교를 의기양양 휘젓고 돌아다녔다.

1차 술자리가 끝나고 사람들은 다른 술집으로 자리를 옮겼다. 제야는 남자에게 집에 가겠다고 했다. 무슨 일이 있었던 거냐고, 고등학교는 왜 자퇴한 거냐고 남자가 물었다. 남자는 제야와 자기 사이에 비밀이 없길 바랐다. 제야에 대해 모든 것을 알고 싶어했다. 어딘가에서 당숙이 튀어나올 것만 같아서 제야는 두려웠다. 당숙은 모든 곳에 모든 형태로 존재하는 것만 같았다. 남자는 제야를 놔주지 않았다. 제야는 학교에 자기 이야기가 퍼지는 상상을 했다. 남자가 그 이야기를 전해 듣는 상상을 했다. 제야는 남자에게 헤어지자고 했다. 남자는 화를 냈다. 남자는 제야를 보내주지 않았다. 너를 사랑하니까, 네게 무슨 일이 있었는지 반드시 알아야겠다고 했다.

2008년 7월 14일 밤에 엄마에게 말했었다. 산부인과 의사와 경찰에게 진술했다. 그리고 제야는 누구에게도 말하지 않았다. 소리 내어 말해본 적 없었다.

제야는 남자에게 말했다.

마음 한편에는 희망이 있었다. 이해받을 수 있을 것 같았다. 작은 희망을 제외하고는 포기와 오기뿐이었다. 모두에게 떠벌리고 죽이거나 죽고 싶었다. 모두가 알게 되면 그럴 수 있을 것 같았다. 제야는 정말 그러고 싶었다.

제야의 말을 듣고, 제야에게 뻔한 질문을 하고, 남자는 아무 말도 하지 않았다. 숨을 몰아쉬고 마른세수를 할 뿐이었다. 제야가 집에 가겠다고 해도 대꾸하지 않았다. 제야는 걸었다. 버스를 탔다. 버스에서 내렸고 집까지 갔다. 집에 들어가 문이 잠긴 걸 확인하고 울었다.

밤 깊어 남자에게 문자가 왔다. 아무리 생각해도 네가 왜 당하고만 있었는지 모르겠다, 네가 정말 나를 사랑한다면 너는 끝까지 말하지 말았어야 했다, 차라리 거짓말을 하는 게 나았을 거다. 제야는 핸드폰을 집어던졌다. 제니가 제야를 끌어안았다. 무슨 일이야, 언니. 무슨 일이 있었던 거야. 제야는 제니를 밀어냈다. 왜 그렇게 묻지? 왜 모르는 척하지? 혹시 제니도 잊었나? 내가 아무렇지 않은 척 살아가니까 제니도 잊어버렸나? 일부러 그러나? 없었던 일로 만들려고? 그래서 나도 없애려고? 제야는 뛰쳐나가고 싶었다. 강릉으로 가고 싶었다. 하지만 겁이 났다. 이 모도 그렇게 물을까봐. 무슨 일이야. 무슨 일 때문에 그러는 거야.

모두 연기 같았다.

2008년 7월 14일의 자기만 진짜 같았다.

그 이전도 이후도 모두 연기하듯 산 것 같았다. 작은 희망이라도 가졌던 자기가, 좋아해주니까 좋아한 자기가, 말하랬다고 말한 자기가 역겨웠다. 편하게 생각하라니까 편하게 생각했던 컨테이너의 그날 밤 그 어리석은 짓을 반복한 것만 같았다. 당숙의 성기를 입에 문 것 같았다. 7월 14일에 그런 일이 없었더라도 이후의 어느 날 나는 반드시 그와 같은 일을 겪고야 말았으리라고, 나처럼 멍청하고 한심한 여자는 그럴 수밖에 없다고, 그런 일을 겪지 않은 여자가 분명히 있으니 결국 내가 똑똑하지 못해서라고, 내 문제라고, 제야는 생각했다. 그깟 남자, 그깟 비밀, 그깟 소문, 그깟 의심 따위. 그깟 기억, 그깟 성폭행 따위. 제야는 자기 존재가 버겁고 성가셔서 견딜 수 없었다. 자기를 내다버리고 싶었다. 토해버리고 싶었다.

이틀 지나 남자에게 전화가 왔다. 남자는 집요하게 추궁하고 화를 냈다. 전화를 끊으면 집으로 찾아가겠다고 했다. 제야는 새벽까지 남자의 말을 들어야 했다. 다음 날 또 연락이 왔다. 자기가 한 말을 사과하고 도와주겠다고 했다. 지켜주겠다고 했다. 제야는 핸드폰 번호를 바꿨다.

학교에 나가지 않고 아르바이트 수를 늘렸다. 아침 여덟 시부터 자정까지 일했다. 종일 몸을 썼다. 일이 끝나면 거리를 헤맸다. 술을 마셨다. 처음 만난 사람과 모텔에 갔다. 하루하루를 없애버렸다. 함부로 말했다. 두려워서 두려움 속에 뛰어들었다. 무슨 일이든 일어날 것만 같아서 먼저 일을 저질렀다. 가까운 불행으로 먼 불행을 가렸다. 샘솟는 자기비하를 견딜 수 없어 타인의 입에서 그 말이 나오게 만들었다. 타인이 제야를 함부로 대할수록 제야도 자기를 함부로 대할 수 있었다. 제야는 못할 게 없다고 생각했고 그렇게 말하고 다녔다. 모든 것을 '그깟 것'으로 만들었다.

어느 날 제야는 충동적으로 경찰서를 찾아갔다. 당숙을 처벌하면 지금의 진창에서 벗어날 수 있을 것 같았다. 경찰은 이전에 고소를 한번 취하했다면 다시 고소할 수 없다고 했다. 합의서를 쓰지 말았어야 했다고, 경찰은 제야를 탓하면서 안타까워했다. 제야는 몰랐다. 그때도 지금도, 무슨 일이 일어나고 있는지, 늘 뒤늦게 깨달았다. 깨달

앉다는 건 이미 늦었다는 뜻이었다.

　장마가 시작되자 제야는 폭주했다. 아르바이트에서 해
고되고, 며칠씩 집에 들어가지 않았다. 하루하루 위험했
다. 제니는 제야를 혼자 감당할 수 없어 강릉 이모에게 전
화했다. 비가 많이 내리던 토요일 새벽, 제야는 집 앞에서
이모의 소형 차를 봤다. 백미러에 작고 하얀 돌고래 인형
이 달려 있었다. 제야가 달아준 거였다. 제야는 고개를 들
어 집의 창을 봤다. 불이 켜져 있었다. 핸드폰을 켰다. 부
재중 전화가 다섯통 있었다. 귓불을 만졌다. 검정 구슬 귀
걸이가 만져졌다. 제야는 걸어온 길을 되돌아갔다. 정처
없이 걷다가 24시간 문을 여는 까페에 들어갔다. 까페 구
석 자리에 앉아 눈을 감았다. 강릉에서 지낸 일이 꿈같았
다. 꿈에서나 만나던 사람이 갑자기 현실에 나타난 것만
같았다. 이모를 보고 싶지 않았다. 자기도 모르게 이모마
저 '그깟 것'으로 만들어버릴까봐 무서웠다. 핸드폰이 울
렸다. 이모 전화번호가 떴다. 제야는 전화를 받았다. 너를
만나러 왔는데 네가 없다고, 어서 집으로 오라고 이모는

말했다.

이모가 거기 있으면 내가 갈 수가 없어.

그러지 말고 어서 와.

내가 잘못했어, 이모.

아니야, 네가 무슨 잘못을 해. 어서 들어와.

다음에 내가 강릉으로 갈게. 지금은 내가 이모를 볼 수
가 없어.

이모는 망설이다가, 그래 다음에 꼭 강릉으로 오라고,
늘 기다리겠다고 대답했다. 이모는 조금 울먹였다. 제야는
울지 않았다.

제니는 고향에 다녀오겠다고 했다. 왜 나한테는 같이
가자고 안 해? 엄마 생일인데 왜 너만 가? 이젠 그게 당연
해진 거야? 제야는 괜히 시비를 걸었다. 나도 가지 말까?
언니랑 있을까? 제니가 물었다. 그게 아니라 나도 같이 가
야지. 같이 가자고 해야지. 언니는 아직 힘들잖아. 강릉 있
을 때도 한번도 안 갔잖아. 그래도 같이 가자고 해야지. 나
도 가족인데, 나도 엄마 딸인데, 근데 왜 나만 못 가? 그럼

같이 가자, 언니. 같이 가. 제니는 지쳐서 대꾸했다. 제야는 자기 입을 꿰매고 싶었다. 제니에게 미안하면서도 제니가 미웠다. 제니 탓이 아닌데 제니를 탓하고 싶었다. 제니는 가방을 내려놨다. 가지 않겠다고 했다. 제야는 다시 화를 냈다. 엄마 생일인데 너라도 가야지, 안 그럼 엄마 아빠가 나를 얼마나 미워하겠어. 실랑이 끝에 제니 혼자 집을 나섰다. 제야는 잠들었고 자주 꾸는 악몽을 꿨다. 얼굴 없는 남자에게서 도망치려고 문을 열고 또 열어도 벽인 꿈. 꿈인 걸 알았지만 깰 수 없었다. 몸이 바닥으로 끝없이 가라앉았다.

눈을 떴을 때는 저물녘이었다. 창이 열려 있었다. 내가 창을 열어두고 잤나? 제야는 벽에 등을 기대고 창을 빤히 쳐다봤다. 제니에게 전화해서 미안하다고 말하고 싶었다. 하지만 또 제니를 괴롭힐 것만 같았다. 자기를 통제할 자신이 없었다. 제야는 이모를 잃었다고 생각했다. 그리고 이제 제니를 잃는 중이라고. 제야는 가깝고 익숙한 감정에 빠져들었다. 우울과 불행, 자책감, 죽고 싶다는 열망.

집은 5층이었다. 주방에는 칼이 있었다. 어디를 얼마큼 그어야 2리터의 피가 쏟아지는지 제야는 알았다. 옷장의 봉은 제야 키보다 높았다. 제야는 죽을 수 있었다. 고통스럽겠지만 오래 걸리지는 않을 것이다. 내일 제니가 오기 전에는 자기 존재를 해치울 수 있을 것이다. 제야는 많은 것을 '그깟 것'으로 만들기 위해 애썼고, 제일 먼저 자기를 그렇게 만들었다. 정신이 점점 또렷해졌다. 제야는 정말 할 수 있었다. 자리에서 일어나 의자를 창 아래로 옮기고 의자를 밟고 올라갈 수 있었다. 진짜 그럴 것만 같아서 움직일 수 없었다. 창에서 떨어지기 위해 태어난 것 같았다. 창에서 떨어지기 위해, 지금까지 살아온 것 같았다. 시간이 멈춘 것 같았다. 자기가 죽지 않으면 영영 멈춰 있을 것 같았다. 모든 세계가 자기 죽음을 기다리고 있는 것 같았다. 사람들의 잔인한 말이 떠올랐다. 경멸과 의심의 눈빛. 주르륵 흘러내리던 검은색 양복바지. 검붉은 드로어즈. 당숙 차의 냄새가 생생하게 되살아났다. 죽음을 격려하듯 그날의 감각이 느껴졌다. 제야는 뇌를 갈라서 뇌의 어떤 부분을 도려내는 상상을 했다. 집요하게 상상했다. 여름

밤의 고성이 간간이 들렸다. 제야는 움직이고 싶었다. 일어나서 차가운 물을 마시고 나쁜 생각을 떨쳐버리고 싶었다. 밖으로 나가 달리고 싶었다. 이모에게 전화하고 싶었다. 드라마 주인공처럼 명랑하게 살고 싶었다. 제야는 처음 보는 남자들에게 뭐든 할 수 있다고, 못할 게 뭐냐고 말했었고, 제야는 정말, 상대가 원한다면 뭐든 했다. 그러니까, 뭐든 할 수 있으니까, 드라마 주인공처럼 살 수도 있을 것이다. 명랑하게, 밝게, 사람을 믿고 자신을 긍정하며, 어떤 고난과 역경에도 지지 않고, 그리고 마침내 해피엔딩. 갑자기 소나기가 쏟아졌다. 빗물이 창틀을 맞고 집 안으로 들어왔다. 핸드폰 벨이 울렸다. 제야는 핸드폰 액정을 가만히 쳐다봤다. 전화를 받고 싶었다. 손을 뻗을 수 없었다. 벨소리가 끊기고 다시 울렸다. 제야는 최선을 다했다. 팔을 움직이기 위해. 핸드폰을 쥐기 위해. 벨소리가 끊겼다. 다시 울렸다. 그러기를 몇차례. 제야는 간신히 통화 버튼을 눌렀다. 핸드폰을 들지는 못했다. 희미하게 승호 목소리가 들렸다. 제야는 말하고 싶었다. 네가 와줘. 소리 내어 말하고 싶었다. 네가 여기로 와주면 좋겠어.

승호는 서울에서 형과 살고 있었다. 승호는 시내버스를 탈 때마다 떠올렸다. 여름방학에 같이 서울 가자고, 크고 천천히 달리는 서울의 버스를 타고 멀리멀리 다니자고 말했던 그해 여름을. 승호는 정말 그러고 싶었다. 어려운 바람도 아니었는데, 우리는 충분히 그럴 수 있었는데, 어째서 불가능해졌나. 오늘 제니가 전화해서 어쩐지 불안하다고, 언니가 전화를 받지 않는다고, 언니에게 가달라고 부탁하지 않았더라도 승호는 제야에게 전화할 생각이었다. 제니가 고향에 내려간다는 걸 알고 있었으니까. 사실, 승호는, 매일 불안하니까.

전화가 연결되었지만 아무 소리도 들리지 않았다.

승호는 핸드폰을 든 채로 밖으로 나가 택시를 탔다. 계속 말했다. 누나, 우리 어릴 때 운동장에서 셋이서 불장난하던 거 생각나? 그때 당직 서던 선생님한테 걸려서 우리 엄마 학교까지 불려오고 난리 났었잖아. 그때는 왜 그렇게 뭘 태우고 싶었지? 사실 제니가 제일 적극적이었잖아. 누나랑 나랑 망설이니까 제니가 대뜸 불을 붙였잖아. 누나 지금 라디오에 전람회 노래 나와. 이거 진짜 옛날 노랜데 누나가 좋아해서 나도 알게 됐잖아. 담배 한대 다 피우면 노래가 끝났잖아. 승호는 생각나는 대로 말했다. 누나 내가 지금 가고 있어. 금방 갈 거야. 길도 하나도 안 막혀. 아이스크림 사 갈까? 만두 사 갈까? 내가 비빔국수 해줄게. 집에 소면 있어? 누나, 신기하게 신호도 안 걸리고 진짜 빨리 가고 있어. 택시에서 내릴 때까지 전화는 끊기지 않았다. 승호는 제야 방의 창을 올려다봤다. 불이 꺼져 있었다. 계단을 뛰어올라갔다. 거친 숨을 쉬며 현관문을 두드렸다. 아무 소리도 들리지 않았다. 승호는 전화를 끊고 제니에게 전화해서 도어락 비밀번호를 물어봤다. 문을 열고 들어갔다. 어둠 속에 제야가 앉아 있었다. 벽에 등을 기대고 무릎을 세워 모은 채, 손은 핸드폰으로 뻗어 있었다. 승호는 불을 켜고 제야 옆에 천천히 앉았다. 제야는 창을 통해 들어와 바닥에 고인 빗물을 보고 있었다. 승호는 창을 닫고 수건으로 바닥의 빗물을 닦았다. 제야가 뭐라고 말했다. 승호는 가까이 다가가 제야가 다시 말하길 기다렸다. 움직일 수가 없다고, 제야는 겨우 말했다. 승호는 제

야가 무릎을 펴고 앉을 수 있게 도왔다. 굳어버린 팔다리
는 핏기가 없었다. 얼굴과 머리칼은 식은땀으로 젖어 있
었다. 제니에게 전화가 왔다. 괜찮다고, 별일 없다고, 누나
집에 있다고 대답했다.

　제야는 아주 얕게 숨을 쉬었다.

　승호는 답을 알고 싶었다. 출구를 찾고 싶었다. 누나, 미
로 있잖아. 승호는 제야의 손과 발을 주무르며 말했다. 미
로에서 출구를 찾으려면 왼쪽 벽에 손을 대고 걸으면 된
대. 그럼 미로의 길을 다 걸어야 할 만큼 시간이 오래 걸릴
수도 있지만 어쨌든 출구가 나온대. 굳어 있던 제야의 팔
다리에 조금씩 혈색이 돌아왔다. 숨 좀 쉬어, 누나. 승호가
제야의 눈을 보며 말했다. 승호가 먼저 숨을 깊게 들이쉬
고 내쉬었다. 제야는 느리게 숨을 들이쉬었다. 기침이 터
져 나왔다. 기침이 끝날 때까지 승호는 제야의 등을 쓸어
내렸다. 기침이 멈추고, 제야는 큰 숨을 내쉬었다. 나가서
좀 걸을까? 걷다가 밥 먹을까? 승호가 물었다. 제야는 손
으로 바닥을 짚고 무릎을 세웠다. 승호는 제야를 부축했
다. 제야는 천천히 일어났다. 왼쪽 벽에 손을 댔다.

2014년

제야는 후배와 남자가 학과 사람들에게 어떤 소문을 퍼
트렸든 신경 쓰지 않으려 했고 어느 정도는 정말 신경 쓰
이지 않았다. 제야는 삼십분 단위로 계획을 짰고 그대로
움직였다. 늘 같은 시각에 일어나고 집을 나서고 같은 시
각에 잠자리에 들려고 애썼다. 학교 가는 길에는 강의가
비는 시간에 할 일을 미리 정했다. 아르바이트 끝나고 집
으로 갈 때는 밥 먹고 청소하고 씻는 순서와 동선을 생각
했다. 삶을 간결하게, 예측 가능하게 만들고 싶었다.

팀 발표를 마친 날, 가벼운 뒤풀이를 하자는 단체 문자
가 왔다. 제야는 답장하지 않았다. 참석할 거냐는 문자가
다시 왔다. 제야는 아르바이트 때문에 참석하지 못한다고
답장을 보냈다.
잠깐이라도 들르면 좋겠는데. 이번에 주제도 네가 잡고
마지막 정리도 네가 했잖아.
시간이 나지 않는다고 제야는 답장했다.

그렇게 겉돌 필요는 없지 않나. 다들 네 상처 이해해. 너랑 잘 지내고 싶어하고.

제야는 문자를 한참 쳐다봤다. 상처는…… 아니었다. 상처에는 완료나 흔적의 느낌이 있었다. 그것은 기생충처럼, 병균처럼, 생물처럼 산 채로 제야를 간섭했다. 지나간 일이 아니었다. 이렇게 불쑥 일상에 끼어들어 제야를 '어떤 사람'으로 만들어버렸다.

좋게 생각하자. 좋게. 늦더라도 꼭 들러. 얘기 좀 하고 싶어서 그래.

제야는 '좋게'가 무슨 뜻인가 생각했다. 선의를 생각했다. 선의는 고의인가 생각했다. 제야는 답장을 보내지 않았다. 피해의식이라고 생각해도, 오해해도, 욕을 해도 상관없었다. 이미 오해받고 욕먹은 것만 같았다.

성범죄 관련 친고죄가 폐지되었다는 지난 뉴스를, 제니가 핸드폰으로 보여줬다.

난 왜 이런 생각을 못했을까.

제니가 자책하듯 말했다.

어째서 언니 대신 신고할 생각을 못 했을까, 그때는.

그때는 네가 신고할 수 없었어. 나만 할 수 있었지.

그래도 그런 생각조차 못 했던 게 너무 분하고 부끄럽다고, 어쩌면 자기도 그건 언니만의 문제라고 여겼던 건지도 모른다고, 제니는 차갑게 중얼거렸다.

그 사람은 어떻게 살고 있느냐고 제야가 물었다. 결혼을 했고 아이가 있다고 제니는 대답했다. 아내와 아이는 서울에 살고 그 사람은 서울과 고향을 오간다고. 사업은 번창하고 재산은 불어나고, 모르겠어, 정확하진 않은데 시의원 얘기도 들었어. 시의원에 나간다던가, 시의원을 만든다던가.

그런 사람이 어떻게 시의원을 해?

어른들 말로는 그런 사람이 시의원을 하는 거래.

제야는 자기의 지난날을 생각했다. 너무 흔하고 뻔해서 실소가 터졌다. 제니는 승호 이야기를 했다. 제야가 강릉 있을 때, 명절 근처에, 승호가 당숙의 차를 부수고 당숙에게 주먹질했던 일을. 주변 신고로 경찰이 왔지만 어른들은 그들 방식대로 일을 처리하고 묻었다고. 승호 친구들은, 선후배들은, 제야를 원래 남자를 밝히던 '겁대가리 없는 여자애'로 알고 있었다. 그들 기준에서 문제를 일으킨 사람은 당숙이 아니라 제야였다. 그들은 승호에게 확인하려고 했다. 정말 당숙한테 들이낸 거냐고, 당숙이 넘어간 거냐고, 산부인과 가서 증거까지 남기는 치밀한 성격, 그래서 당숙한테 얼마를 받아냈는지, 근데 너하고는 무슨 사이였던 거냐? 승호는 당숙의 갈비뼈를 부러트렸다.

제야는 처음 듣는 얘기였다.

죽여버릴까.

제니가 말했다.

다 죽여버릴까.

제야는 오랫동안 몰랐다. 자기가 무엇을 원하는지. 죽거나 죽이는 상상을 많이 했지만 정말 원한 건 아니었다. 폭력도 싫었다. 2008년 7월 14일만으로 충분했다. 어른들의 망했다는 말에 치를 떨면서도 제야 역시 자기 삶이 망가졌다고 생각했었다. 더 망가트리려고도 했었다. 망가트리려고 기를 쓸 때마다 느꼈다. 자기는 아직 망하지 않았음을.

2008년 7월 14일 월요일

거의 처음으로, 냉정하게, 기나길게 생각했다. 나는 무엇을 원하는지. 머릿속에 박혀 절대 떨어지지 않는 그를 정면으로 바라봤다.

그를 법적으로 처벌할 수 있다고 치자. 그래도 그는 절대 자신을 가해자라고 생각하지 않을 것이다. 처벌을 받았으니 자기는 정말 희생자라고 생각할 것이다. 더 뻔뻔해질 것이다. 죗값을 받았으니 정말 없던 일로 만들어버리고 가볍게 날아오를 것이다. 2008년 7월 15일 나는 경찰서에 찾아갔다. 안전해지기 위해서였다. 그는 자기가 또 그럴 것이라고 암시했었다. 경찰에게 말하면 최소한, 잠깐이라도, 그를 잡아 가둘 줄 알았다. 결국 모두 알게 되었고 그는 내게 접근하지 못하게 되었다. 경찰 덕인가? 아니잖아. 내가 자폭해서잖아. 경찰은 나를 의심했고 합의를 권했다. 나는 비난으로 더러워졌고 소문 속 그 여자애가 되었고 결국 도망쳐야 했다. 그는 자기 자리를 보란 듯이 지켰다. 그래도 나는 후회하지 않아. 내 생존을 내가 도모한 것을 후회하지 않아. 아무에게도 말하지 않았다면 나는 또 당했을 것이다. 지속적으로 당하면서 학교를 다녔겠지. 그의 노예가 되었겠지. 그의 죄가 쌓일수록 나는 나를 저주했을 것이다. 그러다 결국 그때 경찰 말대로, 아무것도 못하고 방에만 처박혀서 미쳐버렸을지도 모른다. 어떤 사람들은 내가 정말 그렇게 되어야 한다고 생각했을 것이다.

나는 그가 스스로를 혐오하고 증오하길 원한다. 내가 나를 혐오하게 된 만큼, 증오하고 자책하고 망가뜨린 만큼, 아니 나보다 훨씬 크고 깊게. 변명 없이 자기 잘못을 인정하고 수치스러워하길.

그게 불가능하다면.

그렇다면 그보다 훨씬 힘이 세고 덩치가 크고 괴물 같은 사람이, 아니 사람이 아니어도 좋다. 짐승이어도 좋다. 아무튼 그 무엇이 그를 강간하길 원한다. 자기 죄를 알 필요도 없다. 재산을 뺏을 필요도 없다. 가족을 해칠 필요도 없다. 명예를 더럽힐 필요도 없다. 그가 당하면 된다. 그리고 모두가 그 사실을 알면 된다. 정말 그런 일이 일어난다면 사람들은 그에게 어떤 말을 할까? 너도 즐긴 거 아니냐고 말할까? 네가 죽을힘으로 반항했다면 당하지 않았을 거라고 말할까? 다 큰 남자가 겁도 없이, 다 큰 남자가 부끄러운 줄도 모르고, 다 큰 남자가 울면서 하는 말이라고 다 믿어선 안 돼, 그런 말을 할까? 다 큰 남자가 술을 마신 것 자체가 문제라고, 다 큰 남자가 착각한 거 아니냐고, 다 큰 남자가 이미 소문이 나버렸으니 인생 글러먹었다고, 다 큰 남자가 총각도 아닌데 먼저 자빠졌는지 자빠트렸는지 알 게 뭐냐고 말할까? 가해자 보듯 그를 볼까?

싫다. 승호가 차를 부수고 갈비뼈를 부러트린 것도, 제니가 죽여버리고 싶다는 생각을 품는 것도. 다시 그에게 맞선다면, 사람들은 또 그를 지키려고 할 것이다. 누군가는 그의 사업으로 돈을 벌고 누군가는 그의 집을 빌려 살고 누군가는 그가 소개한 일을 한다. 누군가는 그의 말 한

마디를 기다리고 심지어 그와 아무 관계없는 사람도 그가 자기와 어떤 식으로든 연결되어 있다고 생각한다. 정치하는 사람, 교육하는 사람, 하나님 말씀 전하는 사람, 돈 많은 사람 들이랑 형님 동생 하는 그를 훌륭한 사람, 성공한 사람, 인정받아 마땅한 사람이라고 믿어버린다. 그가 무슨 짓을 하든 사람들은 말할 것이다. 남자가 큰일을 하려다 보면 그럴 수도 있지. 그런 말들 속에서 그는 강해졌고 더 강해질 것이다. 무슨 짓을 해도 괜찮은 사람이 될 것이다.

나는 어떤 사람인가. 그곳의 사람들은 나를 뭐라고 부르지?

여자애.
여자도 아닌 여자애.
계집애가 겁도 없이.

많은 사람들이 나를 이해하지 못하겠지.
잠깐의 일에 너무 오래 얽매여 있다고, 내가 내 인생을 유기한다고 생각하겠지.

마음만 먹으면 털어낼 수 있는 일이라고 생각하겠지.

나를 나약하다고 생각하겠지.

여자애는 어쩔 수 없다고 생각하겠지.

이게 과연 타인의 생각일까? 내 생각 아닌가? 내가 나를 멸시하는 거 아닌가? 멍청한 자기혐오 따위 그만두고 싶다. 계속 떨어질 수는 없다. 나는 달리고 싶다.

2014년 9월 9일 화요일

육년 만에 집. 내 방은 창고가 되었다.

엄마 아빠도 어느 정도는 내 탓이라고 생각하는 거겠지. 내 딸이 부족하고 못나서, 제대로 키우지를 못해서, 근데 그렇게 나쁜 애는 아니고 철이 없어서, 사춘기 때라 그랬는데 지금은 잘 컸다고, 다 지난 일이라고, 그런 얘기를 하면서 눙치려는 거겠지.

그를 봤다. 그는 사람들 속에 있었다. 아기를 안고 있었다.

그는 보호받는 것 같았다. 그는 웃었다. 아기를 안고서 웃었다. 빛나는 듯 보였다. 그는 빛 속에 있었다. 그는 마땅히 거기 있어야 하는 사람 같았고 나는 있으면 안 되는 곳에 있는 것만 같았다.

사람들은 아무 일도 없었다는 듯 나를 대했다. 아니다. 없는 사람 취급했다. 생각해보면 어릴 때도 나는 없는 사람이었지. 그때는 정말 아무도 내게 관심 없었고, 지금은 관심 없는 척하는 거지. 그사이 내겐 요상한 능력이 생겨버렸다. 나는 눈빛을 읽을 줄 안다. 지난 사흘간 사람들이 눈빛으로 하는 말을 다 읽었다. 내 미래 따위 걱정하지 마. 걱정인 척 저주하지 마. 케케묵은 당신들 미래나 걱정하라고.

누구네 아들은 얼마를 벌고 누구네 딸은 얼마짜리 집에 살고 그 집 아들이 세무사가 되었고 저 집 딸이 억대 연봉을 받는다던데 우리 사위가 이번에 중국에서 대박이 나서 내 딸은 명절마다 금팔찌 금시계 명품가방 우리 손자는 그 어렵다는 시험에 합격했으니 이제 여자가 줄줄 따라붙을 텐데 그 집 아들은 언제 정신을 차리려고 그래도 남자가 한번 맘을 먹었으면 받쳐주는 게 없잖아 돈이 있나 학벌이 좋기를 아무나 만나서 결혼부터 해야 여자애 공부를 많이 시키면 눈만 높아져서 여자 나이 서른 넘으면……

듣고 있자니 미쳐버릴 것 같았다. 자랑 아니면 비난뿐인 대화. 당신들은 당신들 삶을 어떻게 생각하는지 묻고 싶었다. 자식 말고 당신 인생은 어디 있지? 내 얘기도 그런 식으로 하겠지. 노가리 땅콩 씹듯 심심풀이로 난도질하겠지. 그렇게 할 말들이 없나? 공허한 인생들.

나는 내 인생 최대 불행이 강간당한 거라고 생각했는데, 아니다. 내 인생 최대 불행은 이런 세상에, 이런 사람들 틈에 태어난 거다. 이런 사람들에게 어른이라고 고개 숙여 인사해야 하고 어른이 하는 말이니까 들어야 하고 그러지 않으면 싹수가 노란 거고 애당초 글러먹은 애가 되는 거고. 당숙이 악마여서 나를 강간한 게 아니다. 여기서는 그게 강간이 아니니까 강간한 거다. 당숙이 당당한 건, 가해자면서 희생자인 척 구는 건, 이 세계에서 아주 당연한 문법인 거다. 여기 사람들은 '강간'이나 '성폭행'의 의미를 모른다. '남자가 꼴리면 그럴 수도 있는 짓'만 안다. 돈이 많으면 돈도 많은데 무슨 대수냐, 궁핍하면 불쌍하니까 눈감아주자, 돈이 적당히 있으면 먹고살 만해서 잠깐 딴생각을…… 그러므로 이곳에서 남자는 언제나 그럴 수 있다. 지구 어딘가에는 아직도 여성 할례가 있다고 들었다. 더럽고 불경하다며 생리하는 여자를 격리한다고 들었다. 여자를 재산 취급한다고 들었다. 결혼 지참금이 적다고 여자를 학대한다고 들었다. 여기 사람들에게 그런 얘기 해주면 뭐라고 할까? 어떻게 그럴 수 있느냐고 기겁할까? 우리는 뭐 다르나? 대한민국은 달라? 내 아들이 한 달에 거둬들이는 돈이 얼만데 젊어서 여자애 하나 건드린 게 무슨 대수냐고 말하는 이 땅은…… 야만인들. 파렴치한들.

그날 그 일이 없었다면 나는 분명 지금과는 다른 삶을 살고 있을 것이다.

그날 그 일이 없었어도 그는 분명 지금과 같은 삶을 살고 있을 것이다.

잊었어요? 저 사람이 나 강간했잖아요.

말하니까 다들 얼어붙었다. 불편해했다. 혀를 찼다. 남사스럽게 저런 말을 어떻게 저렇게 염치없게 할 수 있느냐고 말했다. 벌레 보듯 나를 봤다. 난 벌레가 아니다. 인간이다. 나도 부끄러움을 안다. 나는 부끄럽지 않다.

2008년 7월 14일 월요일

　나는 기억한다. 그를 교회에서 처음 봤을 때. 처음은 아
니겠지만 내겐 처음과 같았다. 그의 옷에 아이스크림을
묻혔는데 그는 오히려 반가워했다. 사진을 보듯 그의 표
정이 생생하다. 그는 허리를 굽힌 채 수도꼭지를 틀었고
내게 호스를 대주었다. 물이 튀지 않게 수압을 조절해줬
다. 어른스럽게 기다려줬다. 그는 내가 놀랐을까봐 걱정했
고 내가 경계하니까 침착하게 설명했다. 어린애라고 함부
로 대하거나 무시하지도 않았다. 수돗물을 마시려던 나를
말렸고 차가운 생수를 줬다. 돈을 줄 때 내 손을 잠깐 잡았
지만 아무 의미 없는 손길이었다. 그는 정말 그랬다.

　그가 선물이라고 핸드폰을 줬을 때 부담스럽기도 했지
만 좋았다. 부모님이라면 절대 사주지 않을 최신 핸드폰
이었으니까. 핸드폰이 없었다면 무시당했을지도 모른다.
친구들과 어울리지 못했을지도, 박탈감을 느꼈을지도 모
른다. 핸드폰을 줄 때, 그는 취해서 내 머리와 어깨를 계

속 쓰다듬었다. 기분 나쁘지 않았다. 그는 취해서 내 머리를 쓰다듬고 있다는 것도 모르는 것 같았다. 나는 잠옷만 입고 있었다. 그런 나를 보고 그는 불순한 생각을 했을까? 불순한 생각으로 핸드폰을 주고 내 머리를 만졌을까? 형님이 저 때문에 맏딸 졸업식도 못 가고 죄송하고 고마워서, 그는 그렇게 말했고 그 말은 진짜 같았다.

명절에, 설날이었을 것이다. 승호 집 마당에서 그와 꽤 길게 얘기했었다. 그때 나는 매일 침울했고 걱정이 많았다. 가깝게 지내던 친구들과 멀어지고 있었다. 친구들이 나를 막 대한다는 생각이 들었고 내가 그렇게 우습나 생각했었다. 용돈 때문에 주눅 들어 있었다. 친구들의 소비를 따라잡을 수 없었다. 부모님은 자주 싸웠고 때로 내게 화풀이했다. 나는 내가 하찮다고 생각했다. 내 눈엔 특별한 사람들만 보였고 나는 전혀 특별하지 않았다. 그날 마당에서, 그는 내게 예뻐졌다고 했다. 그는 나의 좋은 점을 말해줬다. 잘하고 싶은 마음이 나를 더 큰 사람으로 만들어줄 거라고 했다. 그는 점잖게 그런 말을 했고 나는 그 말을 믿고 싶었다. 그는 담배를 꺼내 물었다. 불을 붙이기 전에 담배를 피워도 되느냐고 물었다. 이전까지 내게 그런 허락을 구하는 어른은 없었다. 그는 담배를 피웠고 나는 옆에 가만히 서 있었다. 담배 연기를 내뿜으며 그는 뭔가를 생각하는 것 같았다. 나는 어른이 된 나를 생각했다. 그때도 그는 나를 만지지 않았다. 음흉한 말 따위 전혀 하지 않았다.

중3 여름에 시내에서 그를 우연히 만난 적 있다. 문제집을 사러 서점에 들렀다가 나오는데 그가 나를 불렀다. 그는 승용차 운전석에 앉아 있었고 옆자리에는 여자 어른이 있었다. 두 사람 다 정장을 입고 있었다. 아주 더워 보였다. 그는 집에 가는 길이면 태워주겠다고 했다. 나는 뒷자리에 탔다. 그와 여자 어른은 낮은 소리로 얘기했다. 그가 내게 뭔가를 물어서 대답하다가 아저씨라고 그를 불렀다. 삼촌도 오빠도 아니고 아저씨라니까 이상하다면서 여자 어른이 웃었다. 여자 어른은 어딘가에서 내렸다. 나는 계속 뒷자리에 앉아 있었다. 커피를 마실 줄 아느냐고 그가 물었다. 그는 까페 앞에 차를 세웠고 시원한 걸 마시자고 했다. 같이 까페에 들어가서 아이스커피를 사들고 나왔다. 그가 앞에 타라고 해서 나는 앞에 탔다. 아까 못 알아볼 뻔했다고 그가 말했다. 키가 좀 컸냐고 물어서 나는 그렇다고 했다. 작년보다 5센티미터 가까이 컸다고. 엄마도 아빠도 모르는 걸 그는 알아챘다. 차 안은 시원했고 햇살은 강렬했다. 조금 추워서 팔뚝을 손으로 감쌌더니 그가 에어컨 바람을 줄였다. 나는 손을 들어 이마를 가렸다. 그가 콘솔박스에서 선글라스를 꺼내줬다. 대접받는 기분이었다. 그는 다른 사람에게도 그럴까? 즉각적으로 배려할까? 타고난 성격일까? 몸에 밴 걸까? 선글라스는 많이 커서 자꾸 흘러내렸다. 나는 그때 선글라스를 처음 써봤고, 기분이 묘했다. 어른이 된 것 같았다. 생각해보면 그를 만나는 많은 순간, 나는 어른이 된 나를 상상했던 것 같다. 그때 그의 눈빛이 어땠는지 기억나지 않는다. 이상했다면 기억했을 것이다. 그는 나를 집 앞에 내려줬다.

밤에 그를 만난 적도 있다. 고1 때였다. 야자 끝나고 버스 정류장에 갔는데 그가 있었다. 나는 친구들과 같이 있어서 그에게는 인사만 했다. 우리는 같이 버스를 탔고 동네에서 내렸다. 친구들과 헤어지고 그와 걸었다. 나는 버스를 타는 그를 생각해본 적이 없었다. 그는 술을 마셔서 차를 두고 왔다고 했다. 그가 술 얘기를 해서 나는 술 냄새를 느꼈다. 사거리에서 그는 오른쪽으로 가야 했고 나는 직진해야 했는데, 그도 나를 따라 직진했다. 늦은 시간이니까 데려다주겠다고 했다. 좀 걸어야 술이 깬다고도 했다. 그는 나를 건드리지 않았다. 손끝 하나 스치지 않았다. 집으로 들어가는 골목에 닿아 그에게 안녕히 가세요 말했다. 그가 용돈을 줬다. 삼만원이었나? 오만원? 그는 그 자리에 서서 내가 모퉁이로 사라질 때까지 지켜봤다. 내가 돌아보니까 어서 들어가라고 손짓했다. 그는 그때 무슨 생각을 했을까?

2008년 초봄에 우리 집에 어른들이 모인 적이 있다. 마당에서 고기를 구워 먹고 술을 마셨다. 그는 화장실에 들렀다가 내 방문을 노크했다. 이제 양미리를 구울 거라고,

조개도 있다고, 나와서 좀 먹으라고 했다. 나는 배부르다고 했다. 그는 조금 취해 있었다. 얼굴이 붉었다. 그는 내 방을 둘러보면서 좋은 냄새가 난다고 했다. 그는 책장에 꽂힌 책을 훑어봤다. 나는 문고리를 잡고 가만히 서 있었다. 그는 거실로 나가 소파에 앉았다. 그대로 문을 닫기가 그래서, 나는 주방으로 갔다. 미지근한 물에 꿀을 타서 그에게 갖다줬다. 그가 고맙다고 했다. 역시 너는 속이 깊구나라고 했다. 아니, 생각이 깊구나였나. 그는 자기가 대학 다닐 때 얘기를 했다. 자기가 원래 하고 싶었던 일과 지금 하고 있는 일을 얘기했다. 자기가 주인공이자 구심점이라는 걸 스스로 확인하려고 그런 말을 하는 것 같았다. 발코니 창으로 마당의 어른들이 보였다. 그는 잠깐 질린 표정을 지었다. 그는 앉은 채로 눈을 감았고 눈을 뜨지 않았다. 생각 중인지 잠들었는지 알 수 없었다. 나는 조용히 일어나 방으로 들어갔다. 얼마 지나지 않아 현관문 여닫는 소리가 들렸다. 그때 집 안에는 그와 나뿐이었다. 그의 눈빛은 이상하지 않았다. 내게 이상한 말도 하지 않았고, 오직 자기 얘기만 했다. 정말 그랬다. 그날에서 반년도 지나지 않아 2008년 7월 14일이다.

　　그는 괴물도 짐승도 아니었다. 친절하고 상냥한 어른 남자였다. 그렇다는 걸 인정할 수도 이해할 수도 없어서, 이렇게 쓰기까지 오랜 시간이 걸렸다. 그가 내게 그런 짓을 하지 않았다면, 그의 말대로, 어려운 일이 있을 때 나는 그에게 도움을 청했을지도 모른다. 그가 내게 그런 짓을 하지 않았다면, 나는 분명히, 그의 결혼식에 갔을 것이다. 그의 아기를 축복했을 것이다. 나이가 들수록, 그의 말대로, 그를 스스럼없이 대했을지도 모른다. 나는 정말 모르겠다. 그가 돌변한 건지. 서서히 변한 건지. 원래 그런 사람인지. 알고 싶어서 오랜 시간 애썼다. 나는 정말 알고 싶었다.

　　그날 늦잠을 자지 않았다면, 그의 차를 타지 않았다면, 학교에서 조금 늦게 혹은 조금 일찍 나왔다면, 편의점에 들르지 않았다면, 좋은 기분에 빠져 있지 않았다면, 음악을 크게 듣지 않았다면, 컨테이너에서 담배를 피우지 않았다면, 그의 말을 믿지 않았다면…… 이런 가정은 쓸모 없다. 하지 말아야 할 행동을 한 사람은 그다. 그는 분명 그러지 않을 수 있었고, 그러면 안 되는 거였다. 그러므로 나는 내가 저주스럽다. 그를 생각하고 그날을 생각하고 어떻게든 내 잘못을 찾아내려는 내가, 그의 친절과 다정함을 아는 내가, '그런 사람이 아니었는데'라고 생각하는 내가, 술 때문이었을까 의심하는 내가, 아니라는 걸 알면서도 다른 이유를 찾으려는 내가 저주스럽다.

그는 자기를 저주하지 않을 것이다. 한번이라도 자기를 저주했다면 내게 빌었을 것이다. 변명 따위 하지 않을 것이다. 그는 자기를 사랑한다. 아낀다. 세상에서 자신이 가장 소중할 것이고, 자기 잘못은 없는 삶을 살고 있다. 그는 그렇게 지내는데, 그런 자기를 유지하는데, 어째서 나는 나를 저주하나. 나를 버리지 못해 안달인가. 어째서 나조차 내게 책임을 묻는가. 나를 걱정했던 그와 나를 강간한 그는 한 사람이다. 친절하고 비열할 수 있다. 다정하고 잔인할 수 있다. 진실하고 천박할 수 있다. 그게 사람이다.

이해할 수 없는 것을 이해하려고 했다. 앞으로도 그럴 것이다. 떼어낼 수 없을 것이다. 사람이 아니라고 말하기는 너무 쉽다. 괴물이라고 말하기는 너무 쉽다. 너무 쉬운 그 말은 아무 의미 없다. 너무 쉬워서, 아무 힘이 없다. 그는 괴물도 짐승도 악마도 아닌 사람이어서 나를 강간했다. 그는 나를 이해하려고 애쓰지 않을 것이다. 기만하는 편이 훨씬 쉬우니까. 그는 쉬운 인생을 살 것이다. 나는 여태 애썼다. 다시 애쓸 것이다. 나는 애쓰는 사람이 될 것이다. 절대로, 그와 같은 사람은 되지 않을 것이다.

사랑하는 제니에게

잠이 오지 않으면 불을 켜도 된다고 말해줘서 고마워.

같이 쫄면을 먹으러 가자고 청해줘서 고마워.

가만히 방문을 닫아줘서 고마워. 나를 옷장에서 끄집어
내지 않아준 것도.

네 친구들에게 미안하다 말하고 매번 내게 달려와줘서
고마워.

어두운 밤 같이 나가주고, 피우지도 못하는 담배를 손
에 들고 있어줘서 고마워.

내가 시비를 걸 때조차 함께 있어줘서 고마워.

어렸을 때부터 네가 부러웠어. 너를 생각하면 용기가
났어. 너를 사랑하지 않은 순간은 단 한번도 없어.

제니야.

네가 너무 걱정하니까, 네가 준 손도끼를 갖고 나오긴
했는데, 그거 죽변 방파제에 두고 왔어. 그렇게 무겁고 거
추장스러운 걸 계속 들고 다닐 수는 없어. 남은 삶을 그런

식으로 살 수는 없어. 그 손으로 다른 것을 쥐고 만질 기회를 포기할 수는 없어. 다른 방법을 생각할 거야. 덜어내고 가벼워질 거야.

여행객은 어쩔 수 없이 티가 나나봐. 젊은 여자 혼자 여행 다니는 거냐고 걱정인 듯 참견인 듯 말을 거는 아주머니들을 가는 곳마다 만났어. 여자 혼자면 재워줄 수 없다던 민박집 주인도 있었어. 여자 혼자라는 사실이 많은 사람을 걱정과 의문에 빠트리나봐. 처음에는 그런 말이 불편했는데, 거듭되니까 오히려 궁금증이 더 커지더라. '젊은' '여자' '혼자' 중에 사람들을 가장 세게 건드리는 단어는 뭘까.

친절한 사람들도 많이 만났어. 연못에 가려면 이쪽 방향이 맞느냐고 물어봤을 뿐인데 같이 그곳까지 걸어가준 사람도 있었고, 버스 정류장에 서 있는데 학생 어디까지 가느냐고, 그리로 가려면 여기가 아니라 반대편에서 버스를 타야 한다고 먼저 알려준 버스 기사도 있었어. 게스트 하우스 주인은 숙소 도착한 날에 직접 만든 샌드위치를 줬고, 숙소를 떠날 때는 초록색 사과 두개를 챙겨줬어. 깨끗하게 닦은 것이니 목마르거나 지치면 한입씩 베어 먹으라고. 달고 상큼하니 힘이 날 거라고. 그런데 난 그런 친절을 받을 때마다 혹시 내가 '젊은 여자 혼자'여서 그런가, 생각하게 되거든. 친절을 다만 친절로 경험하고 좋은 기분만을 간직하고 싶은데 그러지 못하고 생각이 복잡해지는 거야. 이미 나쁜 기억이 있어서 그런 걸까. 너는 어떠니. 너도 그런 생각 해? 친절에 두려움을 느껴?

여기저기 다니면서 혼자 많은 걸 선택하고 경험하고 해결하는 동안 난 확실히 조금은 괜찮아진 것 같아. 강릉에 있을 때도 이런 기분 느낀 적 있었어. 그때 난 내가 정말 괜찮아진 줄 알았는데 아니었지. 지금은 그때와 달라. 그땐 이모가 있었지만 지금 난 혼자니까. 혼자서도 괜찮다고 느낄 수 있게 된 거야. 다시 괜찮지 않다고 느낄지도 몰라. 그리고 괜찮은 순간도 다시 올 거야. 그렇게 오고 갈 거야. 끝은 아직 멀었어.

운주사 갔을 때, 깜깜한 밤에 그곳에 닿았고 숙소를 찾지 못해서 절에서 하룻밤 자게 되었거든.

무섭지 않았느냐고?

무서웠지.

난 늘 무서워, 제니야. 그건 장소 문제가 아니야. 누군가와 같이 있느냐 아니냐의 문제도 아니지. 앞으로도 나는 늘 무서울 거야. 나는 비로소 그것을 이해했어.

운주사에서 자던 날 새벽에 내가 죽는 꿈을 꿨어. 내가 죽었구나 생각하면서 눈을 떴는데 새벽 예불을 알리는 종소리가 들렸어. 그때, 까만 어둠 속에서 살았는지 죽었는지 모르는 채로 난 약간의 자유를 느꼈다. 살아 있다는 감각이 서서히 스며들어서, 손을 들어 가만히 내 눈과 귀와 코를 만지고 팔을 쓰다듬었어. 몸을 조금씩 주무르면서 평생 함께해야 하는 내 몸을 느끼고 확인했어. 그러다 다시 잠들었는데, 잠깐이었지만 정말 깊이 잤어. 아주 단단한 잠이었지. 날이 밝아 눈을 떴을 때 몸은 개운했고 정신은 맑았어. 너무 개운하고 맑아서 아플 정도였지. 그곳에 더 머무르고 싶었지만, 더 머무르다가는 영영 떠나지 못할 것 같아서 스님들께 인사도 하지 않고 절을 나섰어. 절 입구까지, 너른 땅에 석불도 많고 탑도 많더라. 목이 잘린 석불도 있고 얼굴만 있는 석불도 있고. 밤에 그것들을 제대로 봤더라면 무서워서 절까지 올라가지 못했을지도 몰라. 멀리서 스님 한분이 걸어왔고 나를 보며 인자한 표정으로 인사했어. 길에 선 채로 몇마디 주고받았는데, 아주 평범한 대화였는데, 그런데도 난 다시 약간의 자유를 느꼈어. 시내로 나가서 목욕탕에 들렀고 몸을 씻으며 사람들의 말을 귀 기울여 들었어. 길을 걸으면서도, 버스 안에서도, 밥을 먹으면서도 계속 사람들의 말을 들었어. 나와 상관없는 사람들의 말. 나를 모르는 사람들의 말. 다시 만날 일 없는 사람들의 말.

이게 다 무슨 말이냐면 제니야,

내가 고향에 있지 않아도, 도시의 익명에 둘러싸여 있

어도 이 세상 어딘가에는 나를 아는 사람들이 있잖아. 부모님이 있고, 친척들이 있고, 동네 사람들이 있지. 학교 사람들도 있고. 여행하는 동안 깨달았어. 나조차 그들의 시선으로 나의 말과 생각과 행동을 판단할 때가 많다는 걸. 무슨 뜻인지 알겠니? 나를 의심하는 사람들의 말이 쌓일수록 나는 나를 의심하게 되었어. 내가 그럴 만한 행동을 했을지도 모른다고 나를 몰아세웠어. 내가 겪은 사건만큼 나란 존재 자체가 너무 끔찍했지. 끔찍한 나는 그런 일을 당하는 게 당연하다고 생각했지만, 이상하잖아, 그 일 이전에는 나는 나를 끔찍해하지 않았어. 원인과 결과가 자꾸 역전되는 거야.

맛있는 것을 먹을 때도 옆에 없는 시선이 섞여. 누군가를 좋아하거나 싫어하는 마음에도 그런 시선이 끼어들어서 감정을 방해해. 나를 협소하게 만들고 내 주관을 죽이고, 나를 늘 관찰당하는 사람으로 만드는 거야. 그건 어떤 시선이냐면, 그런 일을 겪은 너는 행복할 수 없다는 시선. 너에게 잘못이 있다는 시선, 너는 영영 외롭게 혼자일 거라는 시선. 네 불행은 네 탓이라는 시선. 그 일이 일어나고 내가 배운 시선들이지. 배우고 흡수해서 내 것으로 만든 시선들. 나에게 나는 피해자이자 가해자고 때로는 무참한 방관자야.

그러니까 제니야, 이게 다 무슨 말이냐면, 나는 살고 싶다는 말이야. 아무 일 없었던 것처럼 살고 싶단 말이 아니야. 그런 일이 있었던 나로, 온전한 나로, 아무 눈치도 보지 않고, 내 편에 서서, 제대로 살고 싶단 말이야.

나는 아직도 잠을 잘 못 자.

가끔 내가 누군지, 오늘이 며칠인지, 내가 몇살인지, 뭘 하고 있었는지, 어디로 가고 있었는지 헷갈려. 내 기억을 신뢰하지 못해서 혼란스러워.

나는 자주 그 사람이 나타나서 나를 죽이는 망상에 빠져. 그 사람은 정말 그럴 수 있을 것 같고 감쪽같이 내 시체를 없애고 사람들을 속일 수 있을 것만 같아. 그런 망상이 시작되면 나는 당장 죽을 것 같아.

그날 일이 머릿속에서 재생되기 시작되면 움직일 수 없어. 손가락 하나 까딱할 수 없어. 뭔가에 거세게 잡힌 느낌이야. 종종 악몽을 꿔. 나는 얼굴 없는 남자를 피해 자꾸만 문을 열지. 문을 열면 벽이야. 나는 다시 문을 열어. 그럼 또 벽이야. 그 짓을 반복해. 꿈에서도, 악몽 속에서도, 나는 살고 싶은 거야.

난 늘 당숙을 생각하고 당숙이 내게 한 짓을 생각해. 그것만을 생각한다는 의미가 아니라 다른 생각을 하는 중에도 그 생각은 지속적으로 한다는 말이야. 그건 평생 내게 붙어 있을 거야. 지난 일이 되지 않을 거야. 내가 죽는 그 순간까지 현재형일 거야. 그만 잊으라거나 지우라고 말하는 건, 그만 살라는 말과 같아.

난 선택했어. 그것을 비밀로 두지 않겠다고. 설명이 필요한 순간이 오면 도망치거나 숨는 대신 말하겠다고. 고통스럽겠지. 오해받을 거야. 어떤 사람들은 나를 이상하게 보겠지. 내가 그런 말을 하는 것 자체를 폭력이라고 말할지도 몰라. 근데 말하지 않아도 마찬가지야. 난 고통스러울 테고 오해받을 거야.

여행하는 동안 나를 둘러싼 공기를 생각했어. 볼 수도 만질 수도 없는 유령 같은 공기가 가진 힘에 대해. 그 힘을 만들어내는 또다른 힘과 작용들에 대해. 나는 나를 무엇이라고 생각하는지, 나는 어떤 힘에 둘러싸여 있는지. 나는 어린 여자애여서 무시당했다가 젊은 여자여서 의심받고 늙은 여자여서 무시당하게 될 거야. 하지만 어릴 때, 너와 승호와 함께일 때 나는 달랐어. 강릉 이모와 함께일 때도 나는 달랐지. 나는 그냥 나였어. 나를 주장하거나 증명할 필요도, 나를 부정할 필요도 없었어.

여행을 끝낸 뒤 달아나려는 마음을 다잡으려고, 집 근처 까페에서 이 편지를 쓴다.

제니야. 당분간 너를 만날 수 없을 것 같아. 얼마나 걸릴지 모르겠다.

나는 아무도 용서할 수 없고, 용서할 수 없는 사람들 틈에서 나를 기만하면서 살기도 싫어. 내게 일어났던 일을 부정하고 싶지도 않아. 그러면 그의 죄도 지워질 테고 지금의 나도 뒤엉켜버리니까. 하지만 제니야, 널 보면, 승호를 보면, 없던 일로 만들고 싶은 마음이 자꾸 생긴다. 잊기 위해 노력해야 할 것 같은 마음 말이야. 나만 잊고 나만 괜찮아지면 우리 모두 다 좋아질 것 같아서, 예전처럼 잘 지낼 수 있을 것 같아서, 그런데 나는 왜 그러지를 못하나…… 이상한 죄책감이 차고 단단한 눈처럼 차곡차곡 쌓이는 거야. 쌓인 채로 얼어붙어 나를 묻어버리는 거야.

나는 나로 살기 위해 내게 소중한 것들도 같이 내려놓기로 했어. 시작한다는 건 그런 거야. 내게 좋은 것만 쥐고 싫은 것은 버리고 그럴 수는 없어. 여행하는 동안 사랑하는 사람들, 소중한 기억을 떠올리려고 애썼어. 떠오르는 것마다 메모했고 곰곰이 생각했어. 내게 이 사람이 없어도 되는가. 이 모든 것을 버릴 수 있는가.

그럴 수 있어. 난 0이 될 수 있어.

제니야. 나는 아프지 않으려고, 다치지 않으려고 최선을 다하며 살 거야. 그 사람보다 오래 살아야 하니까. 그보다 훨씬 건강하고 멀쩡하게 살면서 그가 죽는 날까지 그의 죄를 확인시킬 거니까. 언젠가 그가 한없이 초라하고 나약해지면 갚아줄 거니까. 어떤 방식으로 갚을지는 아직 모르겠다. 그때 내가 어떤 사람인가에 따라 달라지겠지.

날 나쁘다고 생각해도 돼. 얼마든지 미워해도 돼. 너는 날 원망하면서도 응원할 유일한 사람이니까.

나는 좀더 멀리까지 가고 싶다.
내가 무엇을 원하는지, 무얼 할 수 있는지 알고 싶어.

나를 견디지 않고, 나와 잘 살아보고 싶다.

2014년 11월 7일. 언니가.

p.s. 이런 말 정말 쓰기 싫지만 그래도 쓴다. 너도 잘 알
겠지만 확인하는 마음으로 쓴다.

만약에 네가 성범죄를 당한다면 증거를 꼭 남겨야 해.
녹음이든 사진이든 남겨야 해. 몸을 씻지 말고 바로 경찰
서로 가야 해. 당시 입었던 옷과 속옷도 다 챙겨야 해. 안
전한 장소는 없어. 집도 바깥도 위험해. 사람이 많은 곳도
사람이 없는 곳도 위험해. 도시도 시골도 버스도 택시도
공개된 장소도 밀폐된 장소도 위험해. 아침도 점심도 저
녁도 밤도 새벽도 다 위험해. '괜찮겠지'란 생각은 위험
해. 상대가 그러기로 마음먹었다면, 성범죄를 피할 방법
따윈 없어. 조심하라는 말이 아니야. 죽일 수 있다면 죽이
라는 말이야. 살아남으라는 말이야.

어릴 때 제야는 다양한 언어를 배우고 싶었다. 모르는 말들 속에 존재하고 싶었다. 스물다섯살의 제야는 정말 그렇게 했다. 호주에서 일년 동안 웨이트리스를 했고 독일에서 일년 동안 아이스크림을 팔았다. 일본에서 반년 동안 커피를 내렸다. 중국과 네팔에도 잠시 머물렀다. 낯선 언어 속에서도 제야는 느낄 수 있었다. 차별과 멸시의 말을, 눈빛을, 행동을. 그건 그냥 느껴졌다. 동양인이어서, 여자여서, 한국인이어서, 아무튼 달라서, 사람들은 제야에게 욕을 하고 제야를 비웃었다. 그런 말들에는 그들이 모르는 언어로 대꾸했다. 무서운 사람은 많았다. 다정한 사람도 많았다. 그리고 압도적으로, 다정하고 무서운 사람은 많았다. 외국에서 만난 외국 사람들에게는 말할 수 있었다. 2008년 7월 14일의 일과 이후 사람들의 반응에 대해서. 어떤 사람들은 제야 입장에서 생각했다. 제야를 위로하고 당숙을 비난했다. 그들이 진짜로 그렇게 생각하는지, 제야는 신경 쓰지 않았다. 한국말이 아닐지라도 그날 일을 더

듬더듬 말할 수 있게 되었다는 것이 중요했다.

 제야는 지속적으로 생각했다. 하고 싶은 일을. 할 수 있는 일을. 제야는 자기를 이해하고 싶었다. 당숙을, 편향된 사람들을, 인간을 이해하고 싶었다. 사람의 정신과 마음을 확인하고 싶었다. 미리 알아서 대처하고 싶지는 않았다. 일어난 일을 뒤늦게라도 납득하고 싶었다. 제야는 어릴 때부터 책을 읽고 신을 궁금해했다. 자기 삶이 한편의 소설이 되는 상상도 했다. 소설이라고 생각하면, 어떤 일이 일어나든 앞으로 나아갈 수 있을 것 같았다. 제야는 지금 소설을 읽지 못한다. 하지만 언젠가는 읽게 될 것이다. 그런 날은 올 것이다.

 한국으로 돌아오는 비행기 안에서도 제야는 자기를 생각했다. 자기를 생각하기에 당숙을 생각했고, 무엇이든 탓하고 싶어서 신을 끌어들였다. 제야의 신은 사건 이후에 나타나는 존재였다. 제야의 신은 세상 모든 것을, 모든 사람과 모든 이치를 알기에 겁과 번뇌가 많았다. 제야의 신은 일을 일어나게 하거나 일어나지 않게 하는 존재가 아니었다. 지켜보는 존재였다. 원망을 듣고 미안해하고 괴로워하는 존재였다. 그저 그것만을 할 수 있는 존재라면, 제야는 신을 믿고 싶었다.

강릉에서 수능을 보고 전공을 정할 때 이모는 말했었다. 취업도 전망도 중요하지만 네가 네 마음을 들여다볼 수 있는 공부를 하면 좋겠다고. 제야는 심리학과에 진학했지만 졸업하지 못했다.

제야는 다시 시작할 것이다.

제야는 사람들의 말을 듣고 싶었다. 우울과 고통과 불안을 듣고, 당신 잘못이 아니라고 말하고 싶었다. 제야는 왼쪽 벽에 손을 대고 걸었다. 때로는 달렸다. 미로의 길을 다 걸어야 할 만큼 시간이 오래 걸릴 수도 있지만 언젠가는 출구에 닿을 것이고, 이제 제야에게는 출구가 중요하지 않았다. 왼쪽 벽에 손을 대고 걷는 동안 들여다보는 자기 마음이 중요했다. 언젠가는, 자기 마음을 들여다보는 눈으로 타인의 마음을 바라보고 싶었다. 그들이 무릎을 세우고 일어설 수 있도록, 왼쪽 벽에 손을 댈 수 있도록, 그들의 오른손을 잡고 싶었다. 그리고 평생, 타인의 마음을 바라보는 눈으로 자기 마음을 들여다보고 싶었다. 제야는 정말 그러고 싶었다.

십대 시절 제야는 종종 봤다. 어른이 된 자기를. 어른인 자기는 어딘가 젊은 이모 같은 느낌이었다. 어려운 음악을 들을 줄 알고 제목도 잘 외웠다. 늘 혼자 걷고, 이상하게도 늘 가을에 있었다. 가을 배경에 가을 옷을 입고 살짝 추워했다. 제야는 자기가 봤던 그것을 믿었다. 열몇살의 자기와 스물몇살의 자기는 공존한다고, 열다섯살의 이제야와 열여덟살의 이제야는 사라지지 않았다고, 살아서, 스물다섯살의 이제야, 스물일곱살의 이제야를 보고 있다고 믿었다. 열일곱살 이제야가 보고 있을 어른 이제야를 지키고 싶었다. 그리고 보고 싶었다. 서른다섯, 서른아홉, 마흔일곱, 쉰아홉살의 자기를. 세상 어딘가에서 동시에 살아가고 있는 어리고 젊고 늙은 이제야를.

제야는 여전히 별을 본다. 카시오페이아를 보며 승호를 생각하고 북극성을 보며 이모를 생각한다. 태양을 보며 제니를 생각한다. 그곳에서 빛나고 있는 그들을 생각한다. 멀리서 보면 가까이 있는 것 같지만 가까이서 보면 멀리 있는 그들을 생각한다. 제야는 여전히 당숙을 생각한다.

지금 제야 앞에는 케이크 한조각이 있다. 처음부터 조각은 아니었겠지만 조각이 되어 다시 온전해진 케이크. 제야는 케이크에 초를 꽂고 불을 붙였다. 어딘가에서 제니와 승호가, 어쩌면 이모도 노래하고 있을 것이다. 박수를 치며 개똥벌레를 부르고 있을 것이다.

제야가 태어날 때, 사람들은 경건한 마음으로 종소리를 들었다. 서로의 행운을 빌며 덕담을 나눴다. 가장 소중한 사람을 떠올리며 소원을 빌었다.

라디오에서 자정을 알린다. 종이 울리고 있을 것이다.

소원을 말하기 좋은 시간.

언젠가는 너를 만나러 갈게. 내가 꼭 너에게 갈게.

끝까지 외우는 사람의 끝나지 않는 이야기

황현진

지난여름 우리는 몽골 여행을 했다. 진영과 나 말고도 여럿이 함께였다. 여행이 이어지는 열흘 동안 우리는 같은 방을 썼다. 밤마다 난로에 불을 피웠다. 추운 여름밤이었다. 진영과 나는 난로 옆에 앉아 와인과 맥주를 마시면서 이런저런 이야기를 나누곤 했다. 우리가 사랑하는 것들에 대해서, 사랑할 순 없지만 이해하는 것들에 대해서. 그러다 얼굴이 빨갛게 달아오르면 숙소 밖으로 나가 밤하늘을 올려다봤다.

항상 진영이 먼저 침대에 누웠다. 진영이 잠들면 나는

난로에 장작을 더 집어넣은 뒤 우두커니 서서 숙소 안을 둘러보다가 불을 껐다. 진영이 고른 침대는 대개 스위치 아래였다. 불을 끄려고 스위치에 손을 뻗을 때마다 진영의 잠든 얼굴을 내려다보았다. 진영이, 잘 자네. 안심하면서 정작 나는 잘 못 잘까봐 초조할 때도 더러 있었다.

딸깍, 스위치를 끄면 방 안은 삽시간에 어두워졌다. 눈을 뜨고 있는데도 눈을 감은 듯했다. 때로는 눈을 감아야 더 잘 보이기도 했다. 아주 캄캄했다. 진영의 침대 쪽으로 넘어질까, 나는 뒷걸음질 치면서 더듬더듬 내 침대를 찾아갔다. 아무것도 보이지 않았다. 눈을 감으면 불끄기 전에 잠시 내려다본 진영의 얼굴이 보였다. 진영의 얼굴이 잔상으로 남아 환하게 떠올랐다가 흐리마리 사라질 때쯤 비로소 어둠이 보였다.

방 깊숙한 곳까지 환하게 밝아진 뒤에야 나는 마지못해 눈을 떴다. 그때마다 진영이 맞은편 침대에 걸터앉아 묻곤 했다.

"깼어요?"

아마 진영도 잠든 나를 한참 바라봤을 것이다. 나는 진영이 언제부터 깨어 있었는지 모른다. 지난밤 잠든 진영을 바라보면서 다행이라고 생각했던 마음은 온데간데없고 혹 진영이 나쁜 꿈을 꾼 것은 아닐까, 내가 꾼 꿈을 들킨 것은 아닐까 걱정하는 마음이 벌컥 들었다. 우리가 머물던 곳은 대체로 열시쯤 해가 졌고 다섯시쯤 다시 떴다. 돌아와서 생각해보면 그저 그곳의 밤이 짧았을 뿐이었는데……

여행을 가자.

진영에게 말했을 때, 진영은 내게 이런 문자메시지를 보냈다.

'같이 가자고 말해줘서 고마워요.'

여행을 가자니 진영은 해야 할 일이 많았다. 살면서 제주 갈 때 빼곤 비행기를 타본 적이 없다고 했다. 당연히 여권이 있을 리 만무했다. 우선 증명사진을 찍어야 했는데, 그마저도 얼마 만에 찍는 증명사진인지 모르겠다고 했다. 여권을 발급받고 진영은 무척 신나했다. 자신의 신분을 증명할 카드가 하나 더 생겼다고 마치 어른이 된 기분이라고 했다. 정말로 축하할 만한 일이었다. 이제 진영은 언제라도 어디로든 떠나도 된다는 허락을 받은 셈이나 마찬가지니까.

하지만 떠나는 일은 생각보다 쉽지 않았다. 비행기는 예정보다 네시간 늦게 출발했다. 역시 어렵군요, 진영이 말했다. 우리는 공항 창문 밖으로 안개가 쳐들어왔다가 물러나는 광경을 지켜봤다. 이륙을 서두르던 비행기는 도착할 때까지 수시로 흔들렸다. 이런 죽음도 나쁘지 않겠어요, 진영은 침착했다. 입국심사장에서도 진영만 단번에 통과를 못했다. 일행 중 진영의 여권 사진이 가장 최근에 찍은 것일 텐데, 가장 늦게 심사를 통과한 진영은 사진 속 얼굴과 자신의 얼굴이 많이 다르냐고 내게 물었다.

"그럴 리가 없잖아. 얼굴이 다른 건 우리들이지."

내 여권 속 사진만 해도 벌써 팔년 전 얼굴이었다.

여행에서 돌아와 진영의 소설을 읽었다. "잠이 오지 않으면 불을 켜도 된다고 말해줘서 고마워. 같이 쫄면을 먹으러 가자고 청해줘서 고마워."(218면) 제야의 일기를 읽을 때마다 진영과 나눈 이야기들이 떠올랐다. 그렇게 말해줘서 고맙다는 말, 말을 거는 것만으로도 이미 선물이라는 듯, 진영은 자주 내게 고맙다고 했다. 고맙다는 말은 참 이상하지. 그러면 나도 고마운 마음이 들어서 진영의 말을 따라하곤 했다. 고맙다고 말해줘서 고마워. 진영은 이상한 힘을 가졌다. 다른 사람으로 하여금 진영을 닮게 만든다.

　제니에게 보내는 제야의 편지를 읽을 때, 나는 우리가 함께했던 여행의 시작을 떠올렸다. 어쩌면 진영은 제야가 떠난 여행을 상상하며 이 여행을 준비했을지도 모를 일이었다. 시간을 따져보면 정말로 그럴 확률이 컸다. 마침내 제야가 혼자서도 괜찮다고 느낄 수 있게 되었다고 했을 때도, 다시 괜찮지 않다고 느낄지도 모른다고 고백했을 때도 나는 번번이 우리가 함께한 열흘을 떠올렸다. 제야의 여행이 진영에게로 이어지고, 서울로 돌아온 내가 진영의 소설을 읽는 동안 다시 내게로 전해지는 긴 여정은 이차원의 세계를 넘어서는 공명이었다.

알고 있다. 소설을 읽으면서 작가를 떠올리는 것만큼 어리석은 일이 있을까. 하지만 그 반대의 경우가 가능한 독서 앞에서 나는 어찌할 바를 모르겠다.

진영과 나는 이런 대화를 나눈 적이 있다.

"언니는 그런 기분 느껴본 적 없어요? 이번 생을 꼭 한번 살아본 것 같은 기분? 나는 가끔 정말로 그렇게 느껴요."

이국의 낯선 방, 일인용 침대에 모로 누워 잠을 청하던 사람, 살던 곳을 처음 떠난 사람. 진영이면서 제야인 사람.

어느 밤에는 하늘을 올려다보며 진영이 이런 말을 해준 적도 있다.

"만이천년 뒤에는 북극성이 바뀐대요."

크게 놀라는 나를 보고 진영이 덧붙였다.

"그때 우린 없으니까 괜찮아요."

달리는 차 안에서 진영은 노래를 부르기도 했다. 호숫가를 거닐면서 고함을 지르듯 부르기도 했다. 언제나 '개똥벌레'였다. 신형원의 개똥벌레는 이렇게 시작하는 노래다.

아무리 우겨봐도 어쩔 수 없네 저기 개똥 무덤이 내 집인

걸 가슴을 내밀어도 친구가 없네 노래하던 새들도 멀리 날아
가네 가지 마라 가지 마라 가지 말아라.

　진영은 매번 이렇게 노래를 시작했다.

나는 개똥벌레 어쩔 수 없네.

　진영은 외우는 노래가 많다. 쉬지 않고 노래를 부를 수
있다. 진영의 소설 중에 『끝나지 않는 노래』(한겨레출판사
2011)라는 책이 있다. 그 책의 프롤로그에는 이런 문장이
있다. "누군가의 사소한 불행이 나를 죽일 수도 있었다."
나의 사소한 불행이 남을 죽일 수도 있다는 말이기도 한
그 문장은 결국 불행에 대한 정의이다.

　2008년 7월 14일. 시간이 흐르지 않고 자꾸 되돌아간다.
끝나지 않는 돌림노래처럼. 가방에 과도를 집어넣고 다녀
도 두려움은 사라지지 않는다. 두려움은 의심을 불러일으
킨다. 사람들이 멀어지고 급기야 사라진다. 남아 있는 제
야는 혼자다. 사람들은 잘 모른다. 폭력과 불행을 겪은 사
람의 두려움이 의심을 동반하는 이유에 대해서.

당신도 나쁜 사람 아니냐고, 그런 짓을 할 사람 아니냐고 묻는 의심의 진심을 알려고 하지 않는다. 좋은 게 좋은 거라고, 알고 보면 다 착한 사람들이라고 가르치면서, 같은 일을 두번 겪을까 두려워하는 마음을 달랜다고 나아지지 않는다. 그렇게 쉽사리 의심이 걷히고 불행의 올가미에서 풀려날 어둠이 아니다. 제야에게 가장 두려운 것은 나와 비슷한 일을 당한 사람이 많을 거라는 직감과 앞으로도 많을 것이라는 예감이다. 의심의 진심에는 우리 모두의 안부와 안전에 대한 두려움이 가장 크다. 미래의 자신을 두려워하면서 우리를 걱정하는 사람, '나'라는 단어 안에 '우리'를 집어넣는 사람을 두고 불행을 자처했다고 말한다면 당신은 나쁘다.

　나라는 단어에 우리를 집어넣기. 협소한 일인칭의 영역에 다수의 삶을 포함시키는 지난한 과정을 통틀어 담아내려면 어떤 단어가 필요할까. 아무리 생각해봐도 '삶'이라는 단어뿐이다. 반대어는 있을지언정 유의어라곤 전혀 없는 그 단어 말이다. 그렇다면 시간 또한 그저 흐르기만 하진 않을 것이다. 시간은 삶을 통해 끝없이 번져나가는 것일지도 모른다. 그저 흐르기만 하는 것이 시간이라면, 시간이란 결국 죽음과 같은 것이 아닐까. 그러니 불행은 죽음이 아니고, 죽음도 불행이 아니다. 불행은 사는 일이 무서워지는 일, 삶이 공포로만 남는 일. 말하자면 시간이 얼어붙는 일. 얼어붙은 채로 사는 일.

서울에서 대략 3000Km 떨어진 지구의 북부. 이른 아침 숙소 앞마당에서였다. 숙소 근처에 사는 현지인들이 찾아왔다. 돗자리를 펴고 그 위에 이런저런 기념품들을 늘어놓았다. 모자와 목도리, 양말과 가방, 인형과 팔찌 등등 작고 가볍고 예쁜 물건들이 대부분이었다. 한참 후 진영이 고른 것은 칼이었다. 길이는 한뼘 정도였는데 막상 손에 쥐면 꽤 무거웠다. 칼집 가운데 파란 원석이 있고 그 주변에 기하학적인 무늬들이 새겨진 예쁜 칼이었다. 칼날은 둔탁했지만 칼끝은 날카롭고 뾰족해서 보기만 해도 무서운 칼이었다. 나는 칼 말고도 다른 것도 사라고 했는데 진영은 그러지 않았다. 그날 밤에 진영이 말했다.

"언니, 나는 칼이 무서워요. 집에 칼이 있으면 무서워."

그런데 왜 샀어? 왜 칼만 샀어? 묻고 싶었는데 어쩐지 진영이라면 그럴 법도 해서 묻지 않았다. 그 칼은 어딘가 진영을 닮았다. 집 속에 잠겨 있는 칼. 빛을 반사하지 않고 속으로 품는 보석 같고, 자신을 반쯤 내보이면서 흙 속에 묻혀 있는 돌 같다. 단단하면서 뾰족한 칼처럼 진영은 아슬아슬 안전하다. 위태롭게 아름답다.

그러므로 소설가 최진영은 '우리'라는 단어를 '불행의 연대로 이루어진 무리'라는 뜻으로 해석하는 작가다. 삶이 무서워서 얼어붙은 사람에게 서슴없이 다가가서 짧은 칼날로 얼음을 깨뜨리는 작가다. 같이 무서워해요. 아마도 진영은 그 말을 하려고 칼을 샀을지도 모르겠다.

어느 밤에 진영이 나를 밖으로 불러냈다.

"언니 저기 춤추기 좋은 데 있어요."

얼른 쫓아나갔더니 달 아래였다. 정면에 달이 있었다. 달이 내 눈높이에 있을 줄이야, 감탄하고 있는데 진영이 노래를 불렀다. '개똥벌레'만 외우는 줄 알았더니 진영은

'치티치티뱅뱅'도 끝까지 불렀다. 춤을 추고 노래를 하면서 나와 진영은 서로의 주위를 돌았다. 어떻게 이 많은 노래를 다 외우냐고 물었더니 진영이 그랬다.

"내가 좋아하는 노래니까요."

아마 최진영은 끝까지 우리 삶의 전부를 써낼 것이다. 그 어떤 과거로도, 그 어떤 미래로도 나아갈 것이다. 그렇게 쓰는 사람으로서의 자신을 증명할 것이다. 이 모든 불행의 연대를 일인칭의 노래로 외우고 있을 것이다.

黃玄進 | 소설가

쌀쌀한 밤, 불을 피워주고 따뜻한 웃음을 건네주고 발문까지 더해준 현진 언니.

'이제야' 이야기를 함께 다듬어준 최현우 님.

'이제야' 이야기를 끝까지 읽어준 모든 분들에게 고마운 마음을 전합니다.

그리고

2017년 10월에서 12월까지 『문학3』 문학웹에 연재했던 '이제야'의 이야기를 2019년 1월에서 3월 사이 다시 썼다. 2017년에 나는 제야를 잘 알지 못했다. 지금도 제야의 이야기를 모두 안다고 말할 수는 없다. 그러나 아주 모르는 이야기라고 말할 수도 없다.

인물이 내게 먼저 다가올 때가 있다. 이런 말은 분명 이상하게 들릴 것이다. 하지만 정말 그렇다. 제야는 네시나 여덟시 방향에서, 응시하기도 외면하기도 어려운 곳에 머물다가 어느 순간 기다렸다는 듯 내게로 걸어와 정면에 섰다. 제야는 자기를 설명하지 않았다. 나는 너를 알아. 너도 나를 모르지 않잖아. 그런 눈빛으로 나를 바라볼 뿐이었다. 나는 담담한 척 쩔쩔매면서 '내가 너무 늦었다'고 생각했다. 나는 제야가 거기 있음을 모르지 않았다. 제야는 비켜선 채로 혼자 자랐다. 이번에도 나는 너무 늦었다.

글을 쓰는 동안에도 글을 마친 뒤에도 나는 제야가 외로울까봐 겁을 냈다. 제야에게 계속 말을 걸고 싶었지만 때로 제야는 그런 나를 성가셔하는 것 같았다. 제야는 애써 대답하지 않았고 그래서 다행이라고 생각했다. 어쩌면 나는 제야가 아니라 제야를 생각하는 나를 혼자 두기 싫었던 건지도 모른다.

현실의 어떤 제야에게는 제니와 승호 같은 존재가, 이모와 같은 어른이 없을 것이다. 아무에게도 알리지 못하고 홀로 애쓰는 사람, 방관과 의심 속에서 홀로 버티는 사람이 많다는 사실을 모르지 않기에, 제야에게 위로가 될지도 모를 장면을 쓸 때는 제야의 고통을 묘사할 때만큼 주저했다.

누군가 내게 상처 입힌 일에도 내 잘못부터 찾으려고 했다. 내 잘못을 찾을 수 없을 때는 타인의 잘못을 실수라고 이해했다. 나만 잘하면 아무 문제도 일어나지 않을 거라고 믿었다. '어른스럽다'라는 말을 칭찬이라고 생각했다. 나는 내가 무엇을 바라는지 모르고 자랐다. 책임을 묻거나 외면하거나 눙치려는 어른이 아니라 '미안하다'고 말하는 어른, '네 잘못이 아니야'라고 말하는 어른이 한 명이라도 나타나길 바랐다는 것을 어른이 되고서야 깨달았다. '저런 어른이 되어야지'라는 생각을 제대로 해보지도 못하고 어른이 되어버린 것이다. 나는 여전히 내 잘못을 먼저 찾는다. 이제는 정말 그래야만 하는 어른이니까.

익숙한 감정 속에서 울다가 지치고도 잠들지 못하는 밤이 그치지 않으면, 움직일 수 없는 상태가 차라리 다행이라고 생각하는 날도 있다.

나는 이런 사람이 되었다고 제야에게 말했다.
나도 애쓰는 사람이 될 거라고 계속 말을 걸었다.

그리고

오늘도 제야는 하루를 기록한다. 제야는 보고 있다. 제야는 듣고 있다. 때로는 달린다. 전속력으로 달린다. 제야는 우리를 안다. 우리는 제야를 모를 수 없다.

2019년 가을
최진영

이제야 언니에게

초판 1쇄 발행 / 2019년 9월 20일
초판 14쇄 발행 / 2024년 11월 1일

지은이 / 최진영
펴낸이 / 염종선
책임편집 / 최현우
조판 / 한향림
펴낸곳 / (주)창비
등록 / 1986년 8월 5일 제85호
주소 / 10881 경기도 파주시 회동길 184
전화 / 031-955-3333
팩시밀리 / 영업 031-955-3399 편집 031-955-3400
홈페이지 / www.changbi.com
전자우편 / lit@changbi.com

ⓒ 최진영 2019
ISBN 978-89-364-3801-2 03810